AF234248

RELATION
HISTORIQUE
ET
GALANTE
DE L'INVASION
DE L'ESPAGNE
PAR LES MAURES.

TIRÉE DES PLUS CELEBRES AUTEURS
de l'Histoire d'Espagne,

ET ORNÉE DE FIGURES EN TAILLE DOUCE

TOME QUATRIE'ME.

A PARIS,

Chez PIERRE WITTE, rue Saint Jacques,
à l'Ange Gardien.

M. DCCXXII.

Avec Approbation & Privilege du Roy.

RELATION
HISTORIQUE
ET
GALANTE
DE L'INVASION
DE L'ESPAGNE
PAR LES MAURES.

ARIF eut beau être galant, magnifique, & liberal à Grenade,
les affaires de son amour n'en
alerent pas mieux auprês de la
princesse. Il eut beau même rendre de mauvais offices à son rival, & le brouiller par
ses intrigues avec sa maitresse; elle ne se
trouva pas plus disposée à l'écouter. Il vint
bien à bout de lui persuader qu'elle étoit
trahie par le prince ; mais non pas d'ob-
tenir de la princesse la place que le prince
occupoit dans son cœur. Ce n'étoit pas un

 esprit

esprit d'une trempe ordinaire : & soit que
le prince fût fidéle, soit qu'il ne le fût pas,
elle ne pouvoit être occupée que de lui.
Toutes les fêtes & tous les divertissemens
que ce Maure put inventer, & où tout alloit d'une magnificence & d'une somptuo-
sité de monarque, tout cela, dis-je, ne
fut pas seulement capable de la divertir un
moment de sa profonde tristesse. Il sembloit
au contraire que plus elle avoit d'occasions
de se divertir, plus elle en devenoit chagrine & de mauvaise humeur. Elle ne vouloit pas même se donner la peine de se con-
traindre pour l'amour de lui : tout lui de-
plaisoit & l'ennuyoit. Desorte que l'amoureux general avaloit toujours la moitié du
poison, qu'il avoit preparé à son rival : car
il savoit bien que c'étoit pour l'amour de
ce prince qu'elle étoit devenue insensible
à toute sorte de plaisirs ; mais sa jalousie
ne laissoit pas de le lui faire trouver bon,
& sa passion en augmentoit tous les jours. Il
ne bougeoit plus de chez le comte, qui en
étoit accablé, à n'en pouvoir plus. Mais sa
fierté lui paroissoit encore plus insupporta-
ble : car devenu, par ses conquêtes jour-
nalieres, & par ses heureux succês, d'un
orgueil à regarder tout au dessous de lui,
il meprisoit tout & se faisoit traiter en souverain. C'étoit chaque jour chez lui toujours quelque chose de nouveau pour le
respect & les honneurs qu'il vouloit qu'on
lui rendît. Il ne prenoit plus avis du comte,
ni d'aucun autre officier general, sur rien
de ce qu'il vouloit faire. Il ne se donnoit
pas seulement la peine de les écouter sur

ce

ce qu'ils avoient à lui propofer. Il faifoit tout à fa tête ; & n'affembloit le confeil que pour leur faire entendre ce qu'il avoit refolu, & pour leur donner fes ordres. Les officiers generaux en étoient fort mal contens ; mais perfonne n'ofoit s'en plaindre, parce qu'il étoit adoré du refte de l'armée ; & qu'outre l'eftime qu'on avoit pour lui, il étoit liberal envers les foldats & les officiers fubalternes jufqu'à la profufion : fi bien qu'il étoit tout puiffant, & qu'il n'y auroit pas eu de fûreté à ofer feulement murmurer contre lui. Il n'y avoit qu'auprès de la princeffe, qu'il reprenoit fa modeftie paffée, & que l'amour ne lui permettoit pas de paroître fous le mafque de fa fierté ; mais il en étoit devenu d'une jaloufie à ne pouvoir fouffrir que fon pere même fût feul avec elle ; & pas un officier n'ofoit plus entrer dans la tente du comte. C'étoit le plus cruel efclavage où jamais princeffe eût été reduite. Elle n'auroit jamais pu aimer un homme de ce caractére, quand même fon cœur n'eût pas été prevenu d'une autre paffion, comme il l'étoit ; car toutes ces gênes & cette contrainte continuelle ne lui infpiroient qu'une haine mortelle pour lui, & pour tout ce qu'il faifoit pour l'amour d'elle.

Le comte ne favoit plus quel parti prendre : il fe voyoit bien éloigné de fes belles efperances avec un homme du moins auffi ambitieux que lui, & qui le traitoit en vaffal, comme s'il eût déja été roi d'Efpagne. Ce fut alors qu'il fit de cruelles mais fort inutiles reflexions fur le paffé. Il auroit bien

L 3

voulu

voulu renvoyer ſa fille à Ceuta ; mais il
n'en étoit pas le maître ; & s'il en avoit
fait ſeulement la propoſition, il ſe feroit
expoſé à mille dégouts qu'il auroit fallu
eſſayer, comme il lui étoit déja arivé pour
avoir témoigné d'être fatigué de ſes viſites.
Il ſe voyoit reduit à l'affreuſſe neceſſité de
diſſimuler tout cela pour ſe conſerver un
peu de faveur auprès de lui, qui lui donnoit encore quelque air d'autorité dans
l'armée & parmi les officiers. La comteſſe
étoit celle pour qui la fortune rioit le plus ;
car n'ayant ni amitié pour ſa fille ni eſtime
pour ſon mari, elle vivoit à ſa mode, & il
n'y avoit que plaiſirs & joye pour elle,
jamais elle ne s'étoit mieux divertie. Elle
étoit parfaitement bien avec le general,
par le plaiſir qu'elle lui faiſoit d'être de
toutes ſes fêtes, & d'y porter la joye &
l'agrément ; tant par ſon humeur enjouée
qui inſpiroit à tout le monde l'envie de ſe
divertir, que par le ſoin qu'elle prenoit d'y
faire toujours trouver les plus jolies dames
du pays : de ſorte que ſans elle Tarif, malgré tous ſes divertiſſemens, ſe feroit mal
diverti. Pour la princeſſe, elle y paroiſſoit
toujours avec la même langueur & la même melancholie que dans ſa tente ; & quand
elle pouvoit s'en diſpenſer par quelque
indiſpoſition de commande, ou ſous quelque autre pretexte, elle ne manquoit pas
de le faire.

Après qu'on eut paſſé quelques tems à
Grenade de la maniere que je viens de dire, Tarif ayant reſolu d'aller faire le ſiége de Murcie, le fit ſavoir à ſes generaux :
&

& aprês avoir fait la revue de ses troupes, qu'il trouva de près de trente quatre mille hommes, il fit marcher son armée de ce coté-là. Murcie étoit alors une place considerable, comme elle l'est encore aujourd'hui malgré le tems & les guerres qu'elle a essuyées; riche, peuplée, & dont les habitans passoient pour gens fort propres au métier de la guerre, & qui ne manquoient ni de courage ni de resolution. Pelage ayant voulu leur envoyer des troupes en garnison, ils le remercierent, & lui firent dire qu'ils étoient seuls assés forts pour défendre leur ville. Ils n'en userent ainsi, que parce qu'ils croyoient le mal encore fort éloigné; & que leur ville étant fort avant dans le pays, & y en ayant beaucoup d'autres à prendre avant que le feu vînt jusqu'à eux, ils esperoient qu'avant ce tems-là les choses changeroient de face dans le royaume, ou que du moins ils auroient le loisir d'y pourvoir. Ils se trouverent abusés: tout avoit perdu courage; villes & hommes, tout subissoit le joug des vainqueurs; & le désordre & la confusion étoient par tout. A peine se furent-ils pourvus de ce qui étoit necessaire pour leur défense, qu'ils apprirent que leurs ennemis n'étoient plus qu'à une journée d'eux; neanmoins ils ne voulurent pas dementir l'estime que de tous tems on avoit eue de leur valeur. La premiere chose qu'ils firent, ce fut de faire choix d'un gouverneur ou commandant; & ce choix tomba sur un de leurs plus illustres habitans, à qui ils donnerent tout pouvoir & toute auto-

L 4

rité

rité dans la ville. C’étoit un homme d’une bonne tête, qui avoit vu la guerre, mais dont le bon sens valoit mieux que l’experience ; comme il le fit assés paroître jusqu’a la fin du siége. Ils pourvurent aprês tous les habitans capables de quelque défense, de toutes les armes qui étoient en usage dans ce tems-là : ils firent des reglemens pour les vivres, & mirent un si bon ordre dans tous les quartiers pour la défense, que c’étoit tout ce qu’auroient pu faire des troupes bien reglées, que de s’acquitter avec tant d’exactitude & de discipline de tous les devoirs militaires.

Tarif sentit bien, dès les premiers jours qu’il arriva devant cette Ville, qu’il avoit à faire à de braves gens, & qu’il n’auroit pas si bon marché de Murcie que de Grenade & des autres villes qu’il avoit prises : car on fit de terribles sorties, où les Maures, qui se negligeoient, & méprisoient de simples habitans, eurent toujours du pire. Ils se réveillerent neanmoins à la fin, & les combats en devinrent un peu plus sanglans ; mais on partageoit du moins la gloire, & le nombre de ces braves habitans diminuoit tous les jours. Leur ardeur se ralentit, leurs sorties furent moins frequentes ; & les Maures gagnant de jour en jour du terrain, leurs approches avançoient fort, & l’on esperoit de se voir bien tôt au pié des murailles. Les choses étoient en cet état, lorsque Tarif reçut un courrier de la part du prince, qui lui faisoit savoir que ne voyant aucune esperance de secours de sa part, il avoit été resolu d’un commun

accord

accord dans un conseil de guerre de faire
dès le lendemain leurs derniers efforts &
d'attaquer la ville de vive force : qu'au
moins il ne tiendroit pas à lui qu'il ne fît
voir qu'il n'étoit pas là pour faire l'amour ;
qu'il savoit avoir soin de sa gloire, & faire
son devoir quand il en étoit tems ; & qu'il
seroit bien malheureux, si par tout ce qu'il
avoit fait jusques alors il n'avoit pas donné meilleure opinion de sa conduite, que
ce qu'on en répandoit dans son armée.

Ce Courrier avoit été depêché au sortir
de ce conseil de guerre, pour informer ce
general de la resolution qu'on y avoit prise,
& comme le malheur d'Abdelasis n'étoit arrivé que quelques heures aprés le départ
de cet exprês, le prince n'en parloit point
dans sa lettre, non plus que de la découverte qu'on avoit faite d'un passage pour
entrer dans la ville. Tarif fut fort surpris
d'un dessein aussi hardi que celui du prince, qu'il ne croyoit pas en état d'entreprendre un coup de cette consideration,
contre une ville dont la garnison passoit
pour aussi forte que l'armée qui en faisoit
le siege. Il s'attendoit qu'il y échoüeroit &
c'étoit ce qu'il demandoit : mais ce qui
le surprenoit le plus c'étoit l'éclaircissement
qu'il lui donnoit sur les fausses nouvelles
qui couroient de son attachement pour la
reine, comme s'il eût deviné qu'elles venoient de lui. En effet, le prince n'avoit
pas été tout-à-fait éloigné de croire que
c'étoit le general même qui lui avoit rendu ces mauvais offices auprès de la princesse ; & que si ce n'étoit par une jalousie
d'amour

d’amour, ce pouvoit être du moins par
une envie de gloire, dont il n’avoit donné
que trop de marques dans plufieurs occafions; fi bien qu’il avoit été bien-aife de
lui marquer à lui même en paffant fes fentimens fur cette conduite, dans lefquels
il n’avoit été que trop confirmé par le refus du fecours qu’il lui avoit demandé.
D’ailleurs Tarif ne comprenoit pas comment le prince avoit été inftruit du bruit
de fa pretendue galanterie avec la reine,
puis qu’il n’en avoit parlé qu’à la princeffe, & qu’il n’y avoit qu’elle qui pût lui en
avoir écrit. Il fe figura qu’il avoit été trahi
par le courrier qu’il avoit depêché vers le
prince; vu que ce courrier lui avoit proteflé
que la princeffe ne l’avoit chargé d’aucune lettre. Ce paflionné general avoit tort
d’accufer fon courrier de lui avoir fait une
infidelité: celui-ci lui avoit répondu vrai
lorfqu’il l’avoit queftionné en le congédiant:
Mais comme la princeffe fe défioit de tout,
parce qu’elle connoiffoit fes rufes; elle avoit
pris des mefures bien fûres pour le charger de fa lettre malgré la jaloufie vigi-
lante de fon maître. Bien informée de l’heure marquée pour le départ du courrier,
elle avoit eu la fage precaution d’envoyer
fecretement un de fes gens à une demie
journée de Grenade, pour l’attendre en
paffant à la dinée & lui donner cette lettre de la part du comte, avec un petit
prefent pécuniaire pour l’engager à la rendre fidelement. Mais la défiance de ce general s’étant augmentée, il ne voulut point
pour cette fois avoir à fe reprocher d’a-
voir

voir été trop credule : il fit depouiller tout
nud ce courrier , & lui fit donner d'autres
habits. Peine inutile, par la précaution du
prince, qui ayant fait choix d'un homme
fidele & intelligent pour ce meſſage, lui
avoit donné ordre que quand il ſeroit à
une lieue de l'armée il cachât ſa lettre dans
quelque endroit qu'il pût reconnoître,
pour retourner la nuit la reprendre & la
porter à la princeſſe. De ſorte que Tarif
aprés une viſite exacte des habits de ce
courrier, ſe trouva l'eſprit un peu en repos, & ſe contenta d'ouvrir une lettre que
le prince écrivoit auſſi au comte, & qu'il
lui rendit toute ouverte ſans ſe donner
ſeulement la peine de lui en faire excuſe ,
lui diſant en paſſant & froidement, que c'é-
toit par curioſité qu'il l'avoit ouverte, pour
voir ce que le prince lui écrivoit.

La princeſſe fut d'abord fort allarmée &
fort chagrine de ne recevoir point encore
de lettre du prince. Elle crut pour le coup
qu'il l'avoit tout-à-fait oubliée, & qu'il ne
ſe ſoucioit plus d'elle : & ce mépris étoit
pour elle la choſe du monde la plus inſup-
portable. Elle voulut voir ce courrier &
lui parler elle-même , & ſavoir ſi effecti-
vement il n'avoit point aporté de lettre pour
elle, ou ſi du moins le prince ne lui avoit
pas ordonné de lui dire quelque choſe de
ſa part. Elle vit le courrier & l'ayant re-
connu pour un homme attaché au prince,
& qui le ſervoit depuis long-tems , elle lui
parla avec un peu plus d'aſſurance : mais
comme elle n'étoit pas ſeule dans la chambre, cet homme qui avoit été inſtruit par

le prince, & qui étoit naturellement prudent , lui répondit fort juste sur toutes les
questions qu’elle lui fit ; excepté sur l’article de la lettre, dont il lui deguisa la verité , mais d’une maniere si adroite , que
d’un coup d’œil subtil qu’il porta sur elle,
il lui fit comprendre qu’il y avoit du mystere. Il ne fut pas plus tot sorti de son appartement, qu’elle envoya après lui un de
ses gens , à qui le courrier donna la lettre, dont voici le contenu.

» Votre absence, ma chere cousine, me
» paroissoit un mal assés cruel , pour n’a-
» voir pas besoin des poisons dont il vous
» a plu d’assaisonner la mienne. Je ne sçai
» par quel endroit j’ai pu meriter un tel
» traitement ; mais je sai qu’il n’y en eut
» jamais de plus injuste, que je n’ai rien fait
» pour me l’attirer , & que les noms d’in-
» grat & de perfide ne m’ont jamais con-
» venu, ni ne me conviendront jamais. Je
» ne me connois point dans votre lettre ;
» mais je vous y connois encore moins ; &
» il faut que ceux qui ont pris soin de me
» mettre si bien dans votre esprit y ayent
» un grand pouvoir pour y avoir fait un
» si grand changement. Je me trouvois déja
» assés accablé par un silence comme le
» vôtre , après cinq lettres que je vous
» avois écrites à Ceuta , où je vous croyois
» depuis long-tems arrivée. Un procedé
» si peu conforme à vos sentimens m’ayant
» jetté dans un trouble extraordinaire, &
» capable de me faire mourir , j’y envoyai
» un exprès pour en apprendre la raison ;
» mais bien loin qu’à son retour ma peine
» diminuât,

diminuât, elle augmenta plus tôt par la «
nouvelle que j'apris que vous n'aviez «
point quitté l'armée, & que vous étiez «
même resolue à la suivre. C'en étoit assés «
pour m'empécher de goûter aucun plaisir «
où je suis, s'il y en avoit eu quelqu'un «
à quoi je pusse être sensible éloigné de «
vous : mais je ne voyois pas encore tout «
mon malheur. Il faloit pour le rendre «
complet, que je reçusse une lettre de «
vous pleine de railleries piquantes & de «
reproches ; mais d'une sorte de raillerie «
qui n'est guerre de votre caractere. Quand «
vous serez mieux instruite des choses, «
vous aurez un regret mortel de la dou- «
leur que vous me donnez. Je ne vis que «
dans cet esperance, car l'éclaircissement «
ne sera pas difficile à faire. Toute l'ar- «
mée en est témoin, & sait l'attachement «
d'Abdelasis pour la reine. Ce seroit à «
moi une discrétion inutile de vouloir «
vous en faire un mystere, puisque person- «
ne ne l'ignore. On ne peut pas en user «
plus mal que j'en ai usé envers cette prin- «
cesse, puisque j'ai oublié avec elle jus- «
qu'aux devoirs de l'honnêteté. Elle ne «
se seroit pas attendue à se voir vangée «
par vous, ni qu'on m'eût soupçonné d'en «
avoir trop fait pour elle : mais c'est ainsi «
que les femmes sont faites ; & si j'étois «
fait comme les autres hommes, je serois «
moins à plaindre que je ne suis. Nous ver- «
rons demain si c'est l'amour & le plaisir «
que j'ai ici qui font durer ce siege. On «
sait fort bien dans votre armée que je ne «
suis pas en état d'en sortir avec honneur ; «
  & «

» & je ne doute pas que mon entreprise
» ne surprenne votre illustre general ; &
» qu'il ne la condamne de temerité : mais
» quoique cela réponde à ses desseins, j'au-
» rai du moins le plaisir de lui faire voir
» que je sai plus tôt mourir avec gloire,
» que de vivre sans honneur. Vous serez
» contente, ma chere cousine : ce ne sera
» plus la belle reine qui m'arrêtera devant
» Cordoue ; j'y entrerai, ou l'on m'enter-
» rera au pié de ses murailles. Quel qu'en
» puisse être le succês, soyez persuadée
» qu'il n'y eut jamais de plus fidele ni de
» plus tendre amant que votre cousin,

Le Prince Eba.

La princesse de Tingi ne put lire cette
lettre sans repandre des torrens de larmes. Elle y voyoit répandu un air de sincerité & une maniere de se justifier si peu
d'un homme coupable, qu'elle fut toute
convaincue de l'innocence de son cousin.
La verité se persuade facilement ; mais sur
tout quand on a interêt d'en être persuadé.
Ce furent comme des ténébres épaisses qui
lui tomberent de l'esprit, & qui l'avoient
empêchée de voir une chose qui lui sembloit alors plus claire que le jour, qui étoit
que si le prince avoit pu resister aux charmes de cette reine lorsqu'il la voyoit tous
les jours & qu'elle pouvoit lui être utile,
elle ne devoit gueres avoir plus de pouvoir sur lui enfermée dans une ville, &
dans un état si malheureux qu'elle ne pouvoit qu'avoir besoin de lui. D'autres raisons

sons lui vinrent encore en foule dans l'esprit, non seulement pour le justifier, mais
pour se condamner elle-même de trop de
precipitation & d'aveuglement. Les reflexions qu'elle faisoit sur cela l'entretenoient
encore dans une tristesse qui lui arrachoit
de frequens soupirs : mais cette tristesse &
ces soupirs n'avoient plus le poison ni l'a-
mertume de la jalousie. Son cœur même
se trouvoit si soulagé, qu'au milieu de
cette tristesse il ne laissoit pas de gouter une
joye telle, qu'il n'y a que les vrais amans
qui la puissent definir ; parce qu'il faut
être capable de beaucoup aimer pour la
sentir.

Tarif n'avoit point vu la princesse depuis
l'arrivée de ce courrier : il avoit été occupé à quelques exploits militaires. Ac-
coutumé à vaincre dès le premier abord
il souffroit fort impatiemment d'être si
long-tems devant une place où l'on savoit
qu'il n'y avoit pour la défendre que de
simples habitans ; & leur opinâtre resistance
outrant sa fierté, l'irritoit d'une maniére,
qu'il avoit employé ce jour-là presque toute l'armée aux approches ; & il venoit le
soir se delasser un peu auprès d'elle de
toutes ses fatigues. Il ne manqua pas de
lui parler de la lettre qu'il avoit reçue
du prince ; & il voulut à son ordinaire donner un tour malin au dessein qu'il avoit
fait de forcer la ville, lui voulant faire
entendre qu'il n'entreprenoit pas un coup si
hardi sans être assuré de la bonne volonté
de la reine, avec qui l'intelligence duroit
toujours de même. Il ajoûta à cela encore

quelques

quelques nouvelles de sa façon ; mais il n'eut pas le plaifir de voir qu'elles fiffent fur elle la même impreffion que les autres fois ; qu'elle fe troublât ni qu'elle changeât de couleur. Elle paroiffoit plus affurée, & fe mettre peu en peine de tout ce qu'il lui difoit, comme une perfonne qui étoit mieux informée de la verité des chofes. Cela augmenta fes foupçons, que malgré fa vigilance, ces deux amants devoient avoir trouvé le moyen d'avoir commerce enfemble. La princeffe lui parla même avec un peu plus de liberté d'efprit qu'elle n'avoit fait depuis long-tems. Elle paroiffoit n'être plus fi occupée de fes chagrins ni de fes penfées ; mais elle ne lui laiffa plus aucun lieu de doute là-deffus, quand fe voyant pouffée par des nouvelles railleries fur les amours du prince avec la reine, dont le general tâchoit de la piquer pour la faire parler, elle lui dît, Mais, feigneur, puifque vous êtes fi bien informé des affaires fecretes de cette princeffe, d'où vient que vous ne me dites rien de fes amours avec Abdelafis, qui font bien plus de bruit dans cette armée là que celles qui fe paffent entre elle & le prince ? Il faut de plus qu'elle foit devenue d'une furieufe coquetterie, pour entretenir ainfi deux amans de cette force ; & que ces deux cavaliers, quoique rivaux, ne laiffent pas de vivre de bonne intelligence enfemble, & n'en foient pas moins bons amis. Tarif fit le furpris d'entendre ce difcours ; & il l'étoit en effet encore plus qu'il ne le faifoit ; mais ce n'étoit pas de ce que la princeffe lui venoit

de

de conter de l'attachement d'Abdelafis pour
la reine : fa furprife venoit de ce qu'il
étoit convaincu, apres ce qu'il venoit d'entendre, que malgré tous fes foins & tous
fes tours la princeffe avoit reçu des avis de
ce qui fe paffoit devant Cordoue ; & qu'il
lui feroit inutile à l'avenir de vouloir lui
en conter, qu'elle n'ajoûteroit plus foi à
rien de tout ce qu'il lui pourroit dire fur
cet article. Cela lui fit un peu de dépit &
de chagrin ; mais fe croyant au-deffus de
tout, & regardant non - feulement la
princeffe, mais le comte & toute fa fuite
comme fes efclaves & gens dont il étoit le
maître, & dont il pouvoit faire tout ce
qu'il lui plairoit, il prit bien-tôt le parti
de ne fe point embarraffer de tout cela,
& d'aller toujours fon chemin. La conver-
fation roula encore quelque tems fur le
même article, où la princeffe affectoit
même un air myftericux comme fi elle en
eût fu plus qu'elle n'en difoit : mais
comme le general ne s'y divertiffoit point,
il fe retira plus tôt qu'il n'avoit de coutume de faire, & ne penfa plus qu'aux affaires du fiége qui l'occupoient affés.

Les affiégés avoient jufques-là payé de
leurs perfonnes, en gens qui ne vouloient
épargner ni leur fang ni leur vie pour la
défenfe de leur religion & de leur patrie ;
mais ils n'étoient pas invincibles. Les forces
& les vivres commençant à leur manquer,
le courage ne pouvoit à la fin que leur manquer auffi. Leur brave commandant, qui
fe feroit volontiers facrifié pour le bien pu-
blic, fi fa mort eût pu contribuer de quel-

que chose au salut de tant d'illustres ci-
toyens, voyant que le nombre de ceux qui
étoient capables de porter les armes étoit
déja presque réduit à la moitié, & qu'il ne
leur restoit pas de vivres pour quatre jours
encore; assembla les principaux de la ville,
leur representa l'état des choses, & leur
demanda ce qu'ils jugoient à propos que
l'on fît ; qu'il étoit tems de prendre une
derniere résolution, leurs ennemis n'étant
plus qu'à une portée de javelot de la ville.
Les sentimens furent partagés ; mais enfin
la plus commune voix fut pour une capitulation, & c'étoient les plus sensés & les
plus authorisés dans la ville qui étoient de
cette opinion. Le commandant, qui étoit
aussi pour ce parti, leur dit que puisqu'il
en faloit venir à une capitulation, & qu'il
n'y avoit pas lieu de pouvoir faire autre
chose, il étoit d'avis de tâcher de l'obte-
nir telle, qu'elle pût leur faire honneur;
& même de ne la demander que les armes
à la main, afin de pouvoir dire au moins
qu'ils s'étoient comportés jusqu'à la fin en
braves gens, & qui méritoient d'avoir quelque part dans l'histoire. Cette proposition
fit peur à quelques-uns qui n'étoient pas
des plus résolus, & qui touchés de tant de
sang qu'on avoit déja répandu, croyoient
que le dessein du commandant fût de faire
encore pour la derniere fois quelque action
de vigueur. Mais il les pria de lui laisser la
conduite de cette affaire, leur disant par
avance qu'il ne vouloit pour cela se servir
que d'un stratagême, qui seroit d'autant
plus approuvé qu'il seroit innocent & sans

aucun

aucun peril. Il remit la chofe au lendemain matin, que tout ce qu'il y avoit de
gens capables de porter les armes, eurent
ordre de fe rendre fur la grande place.
Tout le monde étoit impatient de favoir à
quoi cela aboutiroit; mais on commença à
s'appercevoir de fa rufe, quand dès la
pointe du jour il donna ordre que toutes
les femmes & les filles, de quelque qualité
qu'elles puffent être, s'habillaffent en hommes & priffent les armes; ce qui fut bien-
tôt executé : & les ayant fait ranger par
bataillons ou cohortes, comme on parloit
en ce tems-là, il les fit marcher vers les
murailles, & les difpofa de maniére qu'elles
puffent être vues du camp des ennemis.
Quand cela fut ainfi reglé & en bon ordre,
il fe mit à la tête de ces gens dont le nombre
alloit encore à cinq ou fix mille hommes;
& fortant de la ville, il les rangea au pié
des murailles, faifant un grand front vers
les ennemis, au-deffous de l'endroit où l'on
avoit pofté leurs femmes travefties, qui
leur étoient de beaucoup fuperieures en
nombre. Les Maures étourdis de ce fpe-
ctacle admiroient la hardieffe des affiegés
d'ofer encore tenter une fortie; car ils ne
doutoient point que ce ne fût pour en venir
aux mains. Mais ils étoient fort furpris de
les voir en fi grand nombre, tant dedans
que dehors la ville; & Tarif, qui le remarqua avec plus d'étonnement que perfonne, jugea qu'il n'étoit pas fi près de
prendre cette ville qu'il fe l'étoit imaginé;
& que fi les habitans continuoient de fe défendre, comme ils avoient fait jufques-là,

il lui en couteroit bien du monde avant
qu'il en fût le maître. Leur contenance lui
paroiſſoit fort réſolue. Cependant comme
ils ne faiſoient aucun mouvement, il voulut leur détacher quelques gens de trait,
pour les attirer au combat & les éloigner
un peu de leurs murailles, afin que ceux
qu'il voyoit au-delà ne puſſent les ſecon-
der & les ſoutenir dans leur retraite. Le
commandant s'avança lui ſixiéme vers une
ſentinelle avancée des Maures, & demanda
s'il y auroit quelque ſureté pour aller trouver leur general. Tarif en ayant été averti,
lui fit dire qu'il pouvoit venir ſur ſa parole.
Il pouſſa juſqu'à lui, & ayant été conduit
dans la tente de ce general, il entra avec
une contenance grave & fiere, qui ne de-
mentoit point l'eſtime qu'il avoit déja don-
» née de lui aux Maures. Il lui dit, » qu'il
» étoit le commandant de la place, mais
» qu'il ne venoit point auprês de lui en qua-
» lité de ſuppliant pour lui demander grace :
» qu'il devoit être perſuadé que les gens
» qui ſavoient ſe battre & ſe défendre com-
» me ils avoient fait, ſavoient encore mieux
» mourir plûtôt que de rien faire qui fût in-
» digne d'eux : qu'ils voyoient bien qu'ils
» n'étoient pas les plus forts, & que ſelon
» les loix de la raiſon auſſi bien que de la
» guerre, c'étoit aux plus foibles de ceder :
» mais qu'il venoit ſavoir de quelle maniere
» il vouloit qu'ils cedaſſent : qu'ils le recon-
» noiſſoient pour leur vainqueur ; & que s'il
» les vouloit traiter en gens qui meritoient
» quelque honneur aprês avoir fait leur de-
» voir, & non pas en eſclaves, ils feroient

gloire

gloire de se rendre à lui, & d'être attachés «
d'estime & de reconnoissance à son ser- «
vice : que c'étoit à lui de voir de quelle «
maniere il vouloit user de sa victoire, en- «
vers une nation qui étoit accoutumée de «
tout faire par zele & par devoir, & rien «
par force ; afin qu'ils pussent prendre là- «
dessus leurs mesures, ou pour lui ouvrir «
les portes pour le recevoir en triomphe, «
ou pour se préparer à se rendre encore «
plus dignes de son estime que par tout ce «
qu'ils avoient fait jusques-là : qu'il faloit, «
pour entrer dans leur ville les armes à la «
main, qu'il passât sur le ventre à tout ce «
qu'il voyoit d'habitans au pié des mu- «
railles, qui n'étoient sortis avec lui que «
dans la résolution de lui servir de pont ; «
& que ceux qu'il voyoit au dedans, qui «
n'étoient ni moins braves ni moins dan- «
gereux, seroient les premiers à mettre «
le feu dans la ville plûtôt que de se ren- «
dre à des conditions indignes de leur «
courage. «

De l'air résolu & animé que ce brave
Goth prononça ce discours, il n'y eut qui
que ce fut de ceux qui l'entendirent qui ne
fût persuadé qu'ils executeroient les choses de la maniere que le commandant le disoit. Le general qui avoit bien la même
pensée que les autres, & qui vouloit me-
nager le reste de ses soldats, jugea à propos d'accepter la proposition des assiegés
& de les satisfaire. Il lui répondit, « que «
quoi que Maures & fort differens des «
Goths, ils n'étoient pas entrés dans leur «
pays pour en user en tyrans, mais de bon- «

ne

» ne guerre; que l’exemple de tant d’autres
» villes qui s’étoient rendues devoit assés les
» en avoir instruits, aussi-bien que les fu-
» nestes malheurs de celles qui s’étoient opi-
» niâtrées à vouloir faire plus de resistance
» qu’elles ne pouvoient; que ces dernieres
» se seroient épargné les malheurs qui leur
» sont arrivés, si elles avoient eu la pruden-
» ce des villes de Grenade, Illiberis, Ma-
» laga, & plusieurs autres, qui toutes ont
» sujet de se louer de la moderation des
» Maures: qu’en son particulier il estimoit
» la vertu jusques dans ses propres enne-
» mis; & qu’ayant eu lieu de ne pas mé-
» priser les habitans de Murcie, il vouloit
» leur faire voir qu’il savoit ajouter quelque
» chose à leur gloire, en laissant à leur dis-
» cretion les articles de leur capitulation,
» & que tels qu’ils les lui appporteroient il
» les signeroit. » Le commandant charmé de
tant de generosité, lui répartit qu’il avoit
trouvé le secret de les vaincre de deux manieres; mais qu’il avoit à faire à gens qui
n’abuseroient pas de la grace qu’il leur
faisoit. Cette négociation s’étant ainsi ter-
minée, il s’en retourna dans la ville, où la
nouvelle de cet heureux succês répandit la
joye dans tous les esprits, & sur tout dans
ceux du sexe travesti.

Les principaux habitans s’assemblerent
dans la maison de ville pour regler les articles de cette capitulation, qui ne consi-
stoient qu’à être maintenus dans la jouis-
sance de leurs privileges, & dans un libre
exercice de leur religion. Il y eut une dé-
putation pour les porter au general Mau-

re,

re, & lui offrir les clefs de la ville. Tarif
reçut ces députés avec beaucoup de pompe & de magnificence. Il trouva les articles de la capitulation fort raisonnables &
les signa ; & il remit au lendemain à faire
son entrée dans la ville. Elle fut belle &
éclatante, non seulement de son côté, mais
de celui des habitans, qui n'oublierent rien
de tout ce qui la pouvoit rendre celebre
& agréable à ses yeux.

Tarif fut conduit à la maison de ville,
où l'on avoit préparé un magnifique appartement pour le recevoir, un superbe &
splendide repas que la ville lui donnoit ce
soir-là, & où les principales & les plus
belles dames de la ville le devoient servir :
car il n'étoit pas alors des Goths, comme
il est aujourd'hui des Espagnols, quoi que
leurs descendans ; ils n'étoient point si cir-
conspects ni si délicats à l'égard du sexe ;
c'est des Maures que les Espagnols ont
appris de traiter leur femmes comme autant d'esclaves ; qui est un traitement veritablement barbare, & qui fait tort à la
réputation d'une nation aussi polie & ga-
lante que l'est la nation Espagnole.

Tarif, qui savoit fort bien ce que c'étoit
que la galanterie, & ce qu'on devoit au
sexe, ne voulut pas permettre que les dames le servissent. Il les fit prier par la comtesse de lui faire l'honneur de se méttre
à table avec lui, & que ses officiers les
serviroient. Les Goths ne voulurent pas re-
fuser ce plaisir au general Maure, puisqu'il
témoignoit que cela l'obligeroit davantage ; mais ils le prierent à leur tour de leur
laisser

laisser l'honneur de le servir, & de trouver bon qu'au défaut des dames ils y fissent suppléer par de jeunes cavaliers de la ville. Tarif le leur accorda, pour ce qui regardoit sa personne, le comte & les deux princesses, qui devoient manger à la même table que lui : mais à l'égard des dames de la ville, il voulut qu'elles fussent servies par les officiers Maures. Les choses ayant été ainsi reglées, on servit sur trois tables. La premiere fut occupée par le general Maure avec le comte, les deux princesses, les dames de la ville, & le commandant, que par distinction & par estime Tarif voulut avoir aussi avec lui. Les autres deux le furent par les principaux officiers de l'armée tant Goths que Maures, avec quelques-uns des plus illustres citoïens. Le festin dura jusqu'à deux heures après minuit ; & Tarif avoua que quelque chose qu'il eût oui dire de la propreté & de la délicatesse des Goths dans leur repas, il avoit été surpris de la magnificence de celui-là.

Au sortir de table, on passa dans une grande salle éclairée par un très-grand nombre de lumieres dont les Maures admirerent l'ingenieuse ordonnance. Il y eut là une maniere de bal selon la mode du pays & de ce tems-là ; mais les Maures ne s'y mêlerent point, parce qu'ils ne savoient ce que c'étoit que de danser. Ils avoient déja eu ce divertissement à Grenade & en d'autres villes ; & c'étoit un de leurs plus grands plaisirs que de voir danser les dames du pays. Il y avoit déja près d'une heure que le bal duroit, quand on le vit

tout

tout à coup troublé par un mouvement tumultueux qui se fit vers la porte de la salle, où tout le monde se rangeoit avec un curieux empressement pour laisser passer quelques cavaliers qui arrivoient précipitamment en ce lieu. Tout le monde étoit fort en peine de savoir qui c'étoit ; les Goths croyans que ce devoit être quelque Maure d'importance, & les Maures quelque illustre Goth de la ville : mais on fut bien surpris quand s'étant avancés jusqu'à l'endroit où l'on dansoit, on vit que c'étoit le prince Eba. La princesse qui fut des premieres à le reconnoître, passa tout d'un coup d'une tristesse où elle étoit malgré tous ces divertissemens, à une joye si extraordinaire, qu'elle ne put s'empêcher de crier à sa mere, qui s'amusoit à rire avec le commandant ; madame, voilà le prince qui arrive. L'impatience que ce prince avoit eue de se rendre auprès de sa chere princesse, avoit fait qu'étant arrivé le soir précedent à cinq ou six lieues de la ville, il avoit pris avec lui quelques cavaliers de son escorte des mieux montés, & avoit poursuivi son chemin : de sorte qu'ayant marché la plus grande partie de la nuit, il s'étoit rendu vers les deux heures du matin au camp, où il avoit appris la reddition de la place, & la fête qu'il y avoit. Quelque fatigué qu'il fût de son voyage, & sur tout de la furieuse journée qu'il avoit faite, il ne voulut pas perdre l'occasion d'avoir quelque part à cette rejouissance, & de surprendre sa chere cousine. Il s'ajusta autant que le peut faire un voyageur

dans une conjoncture inopinée: mais la fatisfaction qu'il fentoit de l'heureux fuccês
dont il apportoit la nouvelle, & l'amou-
reufe impatience de revoir fa bien-aimée
coufine, répandoient fur fa perfonne un
air brillant qui n'avoit nullement befoin
d'ornemens étrangers pour le diftinguer du
commun.

Celui qui fut le plus furpris de tous de
le voir, & à qui fa venue fit le moins de
plaifir, ce fut Tarif. Ce fut lui que le prince falua le premier, & qu'il aborda pour
lui rendre compte de fon voyage. Ce fier
general le reçut d'un air froid & chagrin.
Le prince le remarqua d'abord ; mais il
n'en fut pas furpris, car il s'y étoit attendu : & fans s'arrêter à cela, il lui dit,
qu'ayant mis fin au fiege de Cordoue, il
s'étoit voulu charger de lui en porter lui-
même la nouvelle, & de recevoir de nouveaux ordres pour la marche de l'armée
dont il lui avoit donné le commandement.
Tarif lui répondit, avec un foûrire plein
de fiel & de dédain, qu'il étoit rare de
voir un general faire l'office d'un courrier, & quitter fon armée pour porter une
nouvelle : que du moins cela ne fe prati-
quoit point parmi les Maures ; & qu'il verroit le lendemain ce qu'il auroit à faire.
Le prince prenant un air plus ferieux, lui
répondit qu'il n'avoit pas cru que fa prefence y fût d'aucune utilité, & encore
moins à l'armée ; & que ne s'étant point
engagé dans ce fervice, qu'autant que le
devoit faire un homme de fa naiffance,
c'eft-à-dire autant qu'il lui plairoit ; il
avoit

avoit cru pouvoir se dispenser d'attendre ses ordres. Tarif, jugeant qu'il ne pouvoit repartir à une telle réponse, sans troubler la fête, aima mieux garder le silence; & se tournant d'un autre côté, il ne dit plus rien. Le prince, sans faire paroître la moindre émotion de ce petit reproche, courut rendre ses devoirs au comte & aux deux princesses de qui il reçut beaucoup de complimens sur son retour, aussi bien que de tout ce qu'il y avoit de gens de distinction dans l'assemblée. Ce combat de civilités qui ne finissoit pas, causa un si grand dérangement dans le bal, que l'on fut obligé de le faire cesser faute de danseurs. Cela fit du dépit au general, qui ne voyoit point volontiers que l'on eût tant d'empressement à faire honneur à un homme qu'il haïssoit. Le prince s'étant apperçu qu'il étoit la cause de ce desordre, remit toutes choses en train. Les danses recommencerent ; mais le peu de plaisir que Tarif y avoit, & le chagrin de voir que c'étoient presque toujours le prince & la princesse qui dansoient ensemble, firent qu'elles ne durérent plus que fort peu de tems. Il n'entendoit de plus que des gens qui les louoient, qui les admiroient, & qui disoient qu'ils étoient bien-faits l'un pour l'autre ; mauvais regal pour un jaloux. Il se leva pour se retirer, & tout le monde en fit de même. Le comte & le prince s'avancerent vers lui pour le saluer avant que de le quitter ; mais à peine les regarda-t-il ; & se tournant vers les princesses pour prendre congé d'elles ; il ne

 put

put s'empêcher de dire à la fille, nous au-
rons du moins le plaisir de vous voir de
meilleure humeur ; & paſſa outre ſans vouloir attendre la réponſe.

Une partie de ceux qui avoient eu la di-
rection de cette fête ſe mirent en devoir
d'accompagner le comte & les deux princeſſes dans une des plus belles maiſons de
la ville, qu'on avoit préparée pour les loger : & comme cette maiſon étoit grande,
ils priérent le prince Eba d'y agréer auſſi
un appartement. C'étoit dequoi augmenter les chagrins de Tarif, qui n'auroit pas
manqué d'y mettre bon ordre s'il eût pu
prévoir ce fâcheux contre-tems. Le prince
& le comte, quelque beſoin qu'ils euſſent
de repos, ne purent ſe ſeparer ſans avoir
un long entretien enſemble avant que de
s'aller coucher ; & la princeſſe qui prenoit
intérêt à tout, leur tiut compagnie. Elle
n'auroit pu dormir de la nuit, ſi elle n'eût
achevé le racommodement, dont la lettre
du prince avoit déja applani les plus grandes difficultés. Il ne fut pas difficile à faire : les juſtifications furent même inutiles.
La preſence d'un amant eſt un remede ſou-
verain pour tous les maux que l'abſence
peut avoir cauſé.

On me croira ſans peine, quand je dirai que Tarif n'étoit pas ſi heureux. Ceux
qui ont été touchés une fois de quelque
paſſion violente, & qui auront eu autant
d'occaſion d'être jaloux qu'en a eu ce
Maure, s'imagineront aſſés de quelle maniere il paſſa le reſte de la nuit. Il ne fit
que ſe promener dans ſa chambre, & rou-
ler

ler dans son esprit mille desseins, pour chercher à mettre son cœur en repos. Il en conçut de bien arabes, & qui passoient un peu le caractere de moderation qui lui avoit attiré tant d'estime de ceux de sa nation ; mais quand une passion comme l'amour s'est une fois emparée d'un cœur, & qu'il se sent outré dans cette partie-là, il n'est desordre qu'elle ne soit capable de lui faire faire. Il étoit encore plongé dans ces terribles réveries, quoique déja grand jour lorsqu'on lui vint dire que le comte demandoit à le voir. Ce prince s'étoit réduit depuis quelque tems à lui faire ainsi tous les matins sa cour, pour se conserver dans ses bonnes graces. Rien ne coûte à un homme ambitieux, & celui ci étoit déja accoûtumé à tout ; il n'est rien du moins qu'il n'eût fait, pour ne pas décheoir de ce qu'il paroissoit encore dans l'armée, & qui dépendoit entierement du general.

Le comte avoit promis de profiter de l'occasion de cette visite, pour voir si le general seroit encore à l'égard du prince dans la même disposition d'esprit où il l'avoit trouvé en arrivant au bal ; parce que si cela étoit, il ne jugeoit pas à propos de lui aller rendre visite, pour ne pas s'exposer à recevoir un affront dont il ne lui seroit pas facile d'avoir satisfaction, avec un homme qui étoit à la tête d'une armée de trente mille hommes. Tarif ne se trouvoit point trop d'humeur de voir le comte, il voulut le faire renvoyer, sous prétexte qu'il dormoit : neanmoins l'envie & la curiosité qu'il eut de voir s'il ne lui parleroit

pas

pas du prince, firent qu'il donna ordre
qu'on le laiſſât entrer. Le comte ne ſe mit
pas d'abord ſur ce chapitre; il auroit même ſouhaité que cela fût venu de Tarif,
& qu'il n'eût pas paru qu'il fût venu exprês
pour les affaires de ſon neveu. Il prit des
détours; il lui fit part de quelques nouvelles , & l'entretint de toute autre choſe
que de ce dont il avoit deſſein de l'entretenir: mais le Maure, qui étoit auſſi fin &
auſſi diſſimulé que lui, l'ayant laiſſé raiſon-
ner à ſon aiſe ſans lui rien dire du prince,
le comte fut à la fin obligé lui-même de
tomber ſur le ſiége de Cordoue, d'en faire
le détail au general, pour tâcher de l'engager à s'expliquer ſur ſon neveu. Tarif le
fit auſſi, mais d'une maniere peu avanta-
geuſe pour le prince ; car il lui dit qu'il
n'étoit pas difficile de s'emparer d'une ville
quand on y avoit des intelligences : qu'il
trouvoit ſeulement fort étrange, que le
prince eût attendu ſi tard à s'en ſervir ; &
qu'il eût pris plaiſir à faire périr tant de
monde pendant plus de deux mois que le
ſiége avoit duré; qu'il ſavoit de bonne part
que c'étoit à la reine qu'il avoit l'obliga-
tion de la conquête de cette place ; &
qu'elle lui auroit bien pu rendre, s'il eût
voulu, le même ſervice dès les premiers
jours qu'il y étoit arrivé; que le tems qu'on
y avoit perdu auroit pu être employé à
prendre d'autres villes qui s'étoient depuis
fortifiées, & dont on ne viendroit pas ſi facilement à bout ; & que cela s'appelloit
ruiner les affaires plutôt que de les avan-
cer. Il ajoûta à cela, que partir d'une armée

mée que l'on commande, sans aucun ordre
d'un general superieur, n'étoit pas d'un
homme qui sût son devoir dans le mêtier
de la guerre ; & qu'il ne savoit pas à quoi
il s'exposoit en faisant de telles fautes, qui
ne se pardonnent pas parmi les Maures ;
& que la discipline militaire demandoit
des exemples de ceux même qui en triom-
phant auroient manqué à leur devoir. Le
comte qui comprenoit fort bien ce que
cela vouloit dire, & d'où venoient tous ces
dégouts, prenant un air de complaisance
pour ne pas irriter ce general , voulut
soûtenir son neveu, & lui dit, qu'il avoit
toujours connu le prince pour un homme
fort porté pour la gloire & peu attaché à
ses plaisirs, quand il s'agissoit de faire son
devoir ; qu'il ne lui avoit pas oui dire que
la reine eût contribué en aucune maniére
à la prise de cette ville ; qu'il étoit même
fort certain que les Maures y étoient entrés avant qu'elle en eût aucune nouvelle ;
& qu'on n'avoit découvert le passage dont
on s'étoit servi pour cette entreprise, que
la veille du jour qu'on avoit résolu de pousser les assiégés à la derniere extrêmité : que
c'étoit par le moyen d'un domestique d'Abdelasis, qui n'en avoit même parlé au prince
que la nuit que le coup avoit été executé.
Tarif, qui l'écoutoit avec quelque sorte de
negligence, ne répondit à tout ce discours
que par des grimaces d'un homme qui n'y
ajoûtoit guéres de foi. Le comte ne laissa
pas de poursuivre, & de lui dire qu'à l'é-
gard de ce voyage, qu'il avoit fait sans ses
ordres, il pourroit lui dire mieux lui-mê-
N 4

me

me les raisons qu'il avoit eues pour cela, quand il viendroit lui rendre un compte plus exact de tout ce qui s'étoit passé au siege. Le general l'interrompant lui dit qu'il ne lui conseilloit pas de prendre cette peine ; parce que, quoique fils de roi, étant devenu son officier il devoit savoir à quoi sa charge de general l'engageoit ; & qu'il ne pourroit pas se dispenser de le faire arrêter : mais que pour prévenir une pareille extrémité, qui ne laisseroit pas de lui faire de la peine à lui-même ; ce qu'il avoit à faire de mieux étoit de s'en retourner incessamment à son armée ; que pour lui il ne vouloit pas seulement savoir qu'il l'eût vu. Le comte lui répondit, que c'étoit bien le dessein du prince de s'en retourner, & de partir même dans trois jours ; mais qu'il croiroit être de son devoir de venir auparavant recevoir ses ordres. Non, lui répartit le general, je le dispense de cette cérémonie ; qu'il parte seulement, & je lui ferai savoir mes ordres quand il sera à son poste : mais il me semble, ajoûta-t-il comme par maniére de reflexion, que c'est bien du tems que trois jours pour un homme qui ne doit pas avoir beaucoup à faire ici. Le comte lui repliqua que trois jours étoient bien-tôt passés, & qu'entre parens comme ils étoient, il ne se pouvoit pas qu'il n'y eût toujours quelque petite affaire à vuider. Tarif voulut neanmoins persuader le comte, de l'engager d'abreger ce tems-là, parce qu'il étoit résolu de se mettre lui-même en marche dans trois jours, & de pousser jusqu'à Tolede ; où il croyoit

qu'il

qu'il auroit befoin des troupes qui étoient à Cordoue. Le comte lui répondit qu'en ce cas-là il jugeoit bien qu'il feroit néceffaire qu'il preffat un peu plus fon départ, qu'il lui en parleroit. Il n'y a perfonne, je crois, qui ne devine aifément la caufe de l'impatience de ce general pour le retour du prince à Cordoue. Il n'eft point d'homme affés tranquile en amour, pour fouffrir la préfence d'un rival aimé, quand il fe fent l'autorité en main pour s'en défaire. Le general Maure avoit plus d'une raifon pour preffer le départ du prince : car fi d'un côté fa jaloufie ne le pouvoit fouffrir à Murcie, fa raifon lui faifoit fouhaitter qu'il s'en retirât au plus tôt. Emporté jufqu'à la fureur, il craignoit qu'un trop long féjour ne fît naître l'occafion d'en venir à quelque violente extrémité à laquelle il ne fe fentoit que trop porté, & dont l'éclat ne pourroit avoir que de très-fâcheufes fuites, pour les affaires de fa nation. Le prince étoit fort aimé des Goths rebéles, & les chofes n'étoient point encore fi fort defefperées dans le royaume, que fi ce parti eût tout d'un coup abandonné les Maures, & qu'il fe fût rangé du côté de ceux du pays, elles n'euffent pu être rétablies. Toutes ces réflexions étoient affés tombées dans l'efprit de Tarif : mais on ne fe laiffe pas toujours conduire à la raifon ; & quand la paffion d'un homme eft arrivée jufqu'à un certain excês de fureur, c'eft beaucoup fi elle lui laiffe entrevoir ce qu'il devroit faire ; mais il ne le fait pas toujours.

Ce general comptoit donc que le prince partiroit

partiroit au plus tard dans trois jours ;
mais que faire pendant ces trois jours ?
Comment vivre sans voir la princesse, sans
aller seulement chés elle, où il avoit accoûtumé d'être depuis le matin jusques au
soir ? Cela est bien penible. La place du
monde la plus difficile à prendre, une bataille à donner contre un ennemi plus fort
que lui, ne lui auroient pas tant fait de
peine : il sentoit, & il savoit, que ce qu'il
auroit à souffrir pendant ces trois jours
passeroit ses forces : est-il un suplice pa-
reil à celui de se voir privé de la vue
d'une personne qu'on aime éperduement,
pendant que l'on sait qu'un rival est auprès d'elle, qu'il la voit, qu'il lui parle,
qu'il soupire, & que l'on répond à ses soupirs par d'autres soupirs ! Quand toutes
ces idées lui tomboient dans l'esprit, il n'é-
toit plus maître de lui ; & se regardoit comme le plus lâche de tous les hommes, d'avoir
eu tant de complaisance, & de ne s'ètre pas
déja défait d'un ennemi, dont l'ombre seule troubloit son repos. Cependant il falut
s'y resoudre, pour n'avoir pas par-dessus
tout cela le déplaisir mortel d'aller donner à ce même homme des marques de sa
jalousie, comme il n'auroit pas manqué de
faire s'il l'avoit vu auprês de sa maitresse.

Le comte & son neveu raisonnoient fort
à leur aise sur la politique, & étoient entrés fort avant dans les reflexions sur tout
ce que le general avoit dit au premier dans
la visite qu'il lui avoit rendue. Ils jugeoient
bien ensemble, que pour n'achever pas de
rompre avec cet homme, il faloit que le
prince

prince s'en retournât au plus tôt à son armée, afin de lui ôter du moins tout prétexte de plainte, & de ne pas s'expofer à quelque violence qu'ils n'étoient pas en état de parer, ne fe trouvant pas les plus forts. Mais ce qu'ils trouvoient de plus difficile à refoudre, c'étoit de favoir ce qu'on feroit de la princeffe, que le comte favoit mieux que fon neveu être l'unique fujet pour quoi Tarif s'obftinoit à vouloir qu'il s'en retournât au plus tôt à Cordoue. Il étoit bien perfuadé que ce general ne fe verroit pas plus tôt débaraffé de lui, que fa fille retomberoit dans de plus grandes perfecutions que jamais ; & que tôt ou tard elle fe trouveroit expofée à quelque terrible indignité. Le comte, dis-je, voyoit tout cela devant fes yeux ; mais il ne favoit quel remede y apporter. La princeffe, dont la pénétration fur cela n'alloit peut-être pas fi loin, mais qui comme la plus intereffée ne laiffoit pas de beaucoup craindre, fortifiée par l'arrivée & la prefence de fon coufin, lui avoit déclaré qu'elle le regardoit comme fon pere, qu'il avoit tout pouvoir fur elle ; & qu'elle le prioit de trouver bon qu'elle n'allât pas plus avant avec l'armée, & qu'elle s'en retournât plutôt toute feule à Ceuta. Il eft vrai que cela avoit déja été concerté avec le prince. Le comte ne voyoit que trop qu'elle avoit raifon ; & ne pouvoit blâmer fa fille d'être dans ce fentiment : mais avec lui les raifons d'honneur & de bienféance ne s'accordoient point avec les raifons de politique. D'ailleurs, il ne comprenoit pas comment

ment on pourroit executer un tel deſſein avec un homme comme Tarif : car enfin, diſoit-il à ſon neveu, ſi on la fait partir ſans l'aveu du general, ce ſera une guerre déclarée ; & il vaudroit beaucoup mieux nous retirer tous. Mais comment encore la faire partir ſans qu'il le ſache, lui qui eſt plus maître que moi-même de mes propres gens, & qui a cent perſonnes à ſes gages, qui ſont à obſerver nuit & jour tout ce qui entre chés moi, ou qui en ſort, dont il eſt en même tems averti. Le prince ſoupiroit & levoit les yeux au ciel, comme deplorant le malheureux état où ils s'étoient tous plongés, & cela pour des barbares, ennemis naturels de leur nation & de leur religion. Il n'oſa dire à ſon oncle tout ce qu'il en penſoit, de peur qu'il ne le prît pour des reproches, il le voyoit aſſés accablé & aſſés puni ; mais il lui dit enfin qu'il ſavoit un moyen pour ſe tirer tous d'un pas ſi dangereux, & qui lui paroiſſoit unique, puiſque c'étoit reduire le general à ne trouver plus mauvais que ſa couſine quittât ſon armée, & couper pié à toutes ſes prétentions. Le comte qui écoutoit ce diſcours avec une grande attention ſans l'interrompre, n'entra pas d'abord dans la penſée de ſon neveu. Le prince, après un moment de ſilence, comme ayant quelque choſe d'important à lui dire ; c'eſt, mon oncle, pourſuivit-il, de vouloir bien me marier avec ma couſine, puiſqu'il y a long-tems que vous êtes dans cette réſolution, que vous m'avez même témoigné que vous auriez la bonté de ne vous y pas oppoſer,

&

& qu'enfin elle y consent. Le comte ne fut pas surpris de la proposition, mais il demeura comme en suspens; & après y avoir rêvé quelques momens, comme s'il eût tiré du fond de son esprit ce qu'il avoit à lui repartir; ce n'est pas d'aujourd'hui, mon neveu, lui dit-il, que j'ai jugé que ce seroit le plus sûr & le plus glorieux moyen de mettre l'honneur de ma fille à couvert & mon esprit en repos, que celui de vous la donner pour femme, sur tout depuis la mort de l'infame Roderic; & si j'ai été le dernier à vous en parler, c'est que vous aimant comme je fais j'ai toujours craint de vous rendre malheureux en vous chargeant de sa mauvaise fortune: mais puisque la proposition vient de vous; qu'enfin vous vous aimez tous deux, & que vous êtes dignes l'un de l'autre, que le ciel vous benisse, & fasse que par votre union la fatale étoile de ma fille puisse changer d'influence; car vous meritez l'un & l'autre d'être plus heureux que vous n'êtes. Le prince penetré de reconnoissance, voulut embrasser les genoux de son oncle pour le remercier, mais il l'en empêcha; & s'embrassant l'un l'autre avec une extrême tendresse, ils demeurerent quelque tems sans pouvoir rien dire. Enfin le comte reprenant la parole, dit au prince d'aller porter lui-même cette nouvelle à sa cousine.

Il y avoit long-tems que le comte avoit prévu que si le malheur qui accompagnoit par tout sa fille, & que sa beauté lui attiroit par tout, étoit capable de changer de nature, ce ne pouvoit être que par ce mariage;

mariage ; que du moins il ne se verroit
point obligé à en supporter le principal
fardeau, ni exposé au hazard d'y succomber
avec elle ; mais il avoit toujours differé de
s'y déterminer par mille considerations politiques, le caractere de son esprit étant
par trop de circonspection fort irresolu,
sans pouvoir jamais rien résoudre, qu'il ne
vît les choses sûres de son côté, & à l'abri
de tous inconveniens. Ce n'est pas qu'il ne
vît ceux qui naîtroient de ce mariage, ni
qu'étant aussi bien instruit qu'il l'étoit des
impressions violentes que sa fille avoit don-
nées au general, il s'attendît qu'il pût apprendre un tel engagement, sans fureur &
entrer en des transports de desespoir dont
la plus grande partie tomberoit sur lui :
mais il songeoit aussi, qu'en cela il n'y auroit à souffrir que pour peu de tems, puisque la chose seroit sans remede ; que l'honneur de la princesse seroit à couvert, où
du moins qu'il n'auroit plus à en répondre ; & qu'enfin il seroit délivré pour toujours du plus terrible embarras qu'il eût
dans le monde, qui étoit celui de la garde
d'une fille, & de la cruelle servitude où
le tenoit ce furieux amant dont il étoit accablé continuellement. De sorte qu'à pe-
ser les maux & les dangers qu'il y avoit
tant d'une part que de l'autre, il trouvoit
qu'il n'y avoit aucune comparaison à faire
de l'état où il se voyoit réduit, à celui où
il alloit entrer. Mais comme il n'y avoit
pas de tems à perdre pour executer ce
coup-là, puisqu'il faloit que le prince par-
tît dans trois jours ; pour n'attendre pas à

la

la derniere extrémité, il resolut de con-
clure l'affaire dês le lendemain, & cependant de tenir la chose secrette. Cela n'é-
toit pas fort difficile ; puisqu'il n'y avoit
que les trois personnes qui avoient le plus
d'interêt au secret qui en eussent connois-
sance ; le comte étant bien d'avis de n'en
faire part à la comtesse même, que dans
le moment qu'on voudroit consommer l'affaire du mariage.

Dans le terrible état où nous avons laissé
le jaloux Tarif, il semble qu'il ne pouvoit
prendre que des resolutions bien étranges;
cependant, comme l'amour se plaît à se
jouer des ames qu'il a empoisonnées de
ses charmes, il lui inspira tout à coup un
dessein qui suspendit pour quelque tems
ses peines & ses fureurs. Il y rêva, il l'e-
xamina, le tourna, & retourna, & le trouva enfin raisonnable, d'une execution propre à remettre son ame dans sa premiere
assiette, & à le guerir du moins de cette
cruelle jalousie qui le tourmentoit sans re-
lâche. Aprés avoir passé toute la nuit à s'y
fortifier, il ne vit pas plus tôt venir l'heure que le comte avoit coutume de se rendre chés lui, qu'il eut de l'impatience
de le voir pour lui proposer ce qu'il avoit
dans l'esprit : mais le comte n'avoit pas
jugé à propos pour ce jour-là de lui aller
rendre visite ; parce que c'étoit le jour du
mariage de sa fille ; & que de voir le general sans lui en parler, c'eût été l'offenser
d'une maniere trop cruelle. Il l'attendit fort
inutilement tout le jour, il lui prit de mor-
telles impatiences & fut vingt fois sur le
point

point d'aller chés le comte, car il étoit informé qu'il y étoit, mais non pas de ce qui
s'y paſſoit. Il prit enfin la reſolution de ne
lui pas témoigner tant d'empreſſement ſur
ce qu'il pouvoit ſouhaiter de lui, & d'attendre juſqu'au lendemain, qu'il étoit bien
aſſuré qu'il ne manqueroit pas de le venir
voir. Il y vint en effet à ſon heure ordinaire;
& le general le recevant avec plus d'honnêtetés & d'un air plus careſſant qu'il n'a-
voit fait depuis long-tems, commença par
lui dire, qu'il avoit bien de la joye de le
voir, & qu'il lui épargnoit la peine de
l'aller chercher chez lui, où il ſavoit qu'il
n'étoit pas à propos qu'il allât, mais qu'ac-
coutumé au plaiſir de paſſer avec lui la plus
grande partie de ſon tems, il lui ennuyoit
fort quand il étoit tout un jour ſans le voir.
Le comte l'ayant remercié de ces obligeans
ſentimens qui le ſurprirent s'excuſa ſur
quelques petites affaires de famille qu'il
avoit eues avec ſon neveu. Le general, ne
faiſant pas grande reflexion à ce diſcours,
le prit par la main & le mena dans ſon
cabinet, comme ayant quelque choſe d'important à lui communiquer. Il le pria de
s'aſſeoir, ce qu'il n'avoit coûtume de faire
depuis que ſes grandes conquêtes lui
avoient enflé le cœur. Le comte ne ſavoit
à quoi devoit aboutir tout ce preambule.
Aprês quelques momens de ſilence, Je ne
vous apprendrai rien de nouveau, ſeigneur
lui dit-il, quand je vous dirai que dès le moment que je vous ai connu, je me ſuis attaché à vous d'eſtime & d'amitié; & que je
n'ai laiſſé paſſer aucune occaſion de vous
en

en donner des marques, tant à votre égard
qu'à celui de toute votre famille : vous savez
cela, & vous savez deplus ce que j'ai contribué de ma part pour vous venger de
votre ennemi mortel ; & que si vous êtes
rentré dans votre pays pour tirer raison
de l'affront qui avoit été fait à votre sang,
ç'a été par le secours des Maures, & par
mon entremise. Je ne vous représente point
ici ces choses pour exiger de vous plus
de reconnoissance ni pour vous faire des
reproches, cela est bien éloigné de ma pensée. Je ne vous le dis, seigneur, poursuivit-il d'un air encore plus animé, qu'afin
de vous faire connoître que mon amitié
pour vous n'en demeure pas là. Je vous
prie seulement de me bien écouter, car
je veux vous parler comme je ferois à mon
frere, ou si vous voulez à mon pere. Vous
êtes Chrétien, je suis Maure ; mais les gens
d'honneur se réunissent tous dans une même religion, & les differens noms ne les
separent point. Je vous aime comme Maure, & vous devez m'aimer comme Chrétien : je n'en suis pas moins homme, ni
moins honnête homme, pour être d'une
religion differente de la vôtre. Le comte,
qui mouroit de curiosité d'entendre de quoi
il s'agissoit, n'avoit garde de l'interrompre ;
il poursuivit de cette maniere. Nous pouvons dire qu'on n'a jamais pris les armes
sous une meilleure étoile que nous avons
fait ; mais qu'on ne pouvoit pas aussi les
prendre pour une cause plus juste. Trois
grandes batailles gagnées, dix ou douze
villes prises ou rendues, trois ou quatre

belles provinces soumises en si peu de tems,
sont des prosperités qui ne pouvoient venir que du ciel, & qui nous ouvrent une
voye aisée pour conquerir tout le reste du
royaume, comme une gloire à laquelle le
même ciel nous a destinés. Vous le voyez
comme moi, & vous seriez le premier à
me croire indigne d'une si belle & si glo-
rieuse fortune, si je n'en profitois pas. Que
me manque-t-il pour cela? je commande
une armée où je suis aimé des officiers &
adoré des soldats, qui me suivront par tout,
& m'obéiront en tout comme à leut maître,
ou comme à leur roi. Je suis dans un pays
que je puis dire être uniquemenr ma conquête; j'ai pris le parti de me faire aimer
des habitans, par les doux traitemens que
je leur fais; & je suis fort persuadé, que
devant être soumis aux Maures, ils aime-
ront mieux m'avoir pour leur roi, que de
se voir sous le joug de quelque gouverneur
barbare, qui les tiraniseroit & les depouil-
leroit de tout ce qu'ils auroient de meilleur, sans se mettre en peine de leurs cris
ni de leurs plaintes, parce que le maître
est un peu trop loin pour les entendre.
M'étant concilié l'affection des peuples, je
sai le secret d'avoir à ma solde plus de
soixante mille Maures, des plus braves qu'il
y ait dans les deux Mauritanies; avec ce
secours je ne crains ni la rage du gouverneur ni la puissance même du calife. Je leur
ferai voir des armées de cent mille hommes, capables de les faire trembler dans
leur propre pays, bien loin de songer à
me venir chercher dans celui-ci. Mais ce
										n'est

n'est pas assés pour moi que cela , car de quoi me serviroit d'avoir fait la conquête du monde, si je n'avois quelqu'un avec qui j'en pusse partager le plaisir ; & c'est vous que je choisis pour cela, seigneur, ou du moins c'est un autre vous même, puisque c'est votre fille. Vous n'ignorez pas , continua-t-il , en se radoucissant , la passion violente que j'ai pour elle: je connois son merite; & je ne voudrois être maître de l'univers que pour en mettre la couronne à ses piés : mais si celle d'Espagne lui paroît digne d'elle , elle la recevra de ma main, comme un present que je ne pouvois manquer de lui faire après m'être donné moi-même tout à elle. Le comte , pendant ce discours , ne fut point si maître de son visage, qu'il n'y parut beaucoup de trouble & même de chagrin : ce qui surprit le general qui le remarqua ; & qui s'attendoit à le voir au contraire tressaillir de joye sur une si belle esperance , qui devoit remplir toute son ambition, puisqu'il ne pouvoit lui-même souhaiter d'être roi d'Espagne, que dans le desir d'en laisser la couronne à sa fille. Il s'imagina que cette alteration venoit de ce que le comte croyoit sa fortune encore fort douteuse ; & qu'il apprehendoit de ne voir monter sa fille sur le trône d'Espagne que pour en tomber ; ou bien que comme chrétien , & par là fort attaché aux formalités de sa religion , il pouvoit considerer le mariage d'une Chrétienne avec un Maure comme quelque chose de fort étrange. Dans cette pensée il voulut lui déplier plus au long les secrets de son ame

O 2

à

à l'égard de son dessein sur la couronne
d'Espagne, & lui faire voir que non seulement elle ne pouvoit plus lui manquer,
mais que quoique l'on pût faire on ne sauroit la lui arracher. Et pour ce qui étoit
de la religion, il lui dit qu'il y avoit assés d'exemples de pareilles mariages ; que
les Grecs étoient chrétiens aussi bien que
les Goths, & que neanmoins des Maures
avoient épousé des Grecques & des Grecques du sang des Empereurs : que le mariage n'empêchoit pas que chacun ne vêcût dans sa religion comme on avoit coutume de faire : que pour lui il croyoit que
celle des Chrétiens étoit bonne, quand on
s'en acquittoit bien ; & qu'il en laisseroit
toujours en Espagne l'exercice libre, & par
conséquent à une princesse qu'il n'auroit
épousée qu'à cette condition, & pour qui
ayant déja tout le respect & toute la tendresse imaginables, il seroit assés difficile
qu'on pût penser qu'il n'eût pas cette complaisance pour elle.

Tarif eut beau dire, le comte malgré toutes ces explications ne parut ni plus content, ni moins rêveur. Ce qui fit que ce
general cessa de parler, pour savoir quelles étoient là-dessus ses pensées, & ce qu'il
auroit à lui répondre. Le triste comte débuta par un soupir, qui ne présagea rien
de bon au curieux general ; puis d'une
voix basse & qui marquoit son embarras,
Je sai, seigneur, lui dit-il, & je sens les
obligations infinies que je vous ai ; elles
sont de celles qu'on n'oublie de sa vie sans
une vraie ingratitude, & ce n'est pas mon

vice ; mais votre fortune & le triste état de
la mienne ont fait, que jusques ici je n'ai
pu vous en donner des marques. Ce n'est
rien que cela, ajoûta-t-il en soupirant encore : le comble de mon malheur est, que
dans les sentimens que vous témoignez aujourd'hui pour moi & pour toute ma famille, nous ne sommes plus en état d'en
profiter : car enfin, seigneur, ma fille est
mariée .... Votre fille est mariée ! interrompit Tarif avec une surprise qui le rendit
tout interdit. Puis reprenant tout d'un coup
le discours avec une voix forte, votre fille
est mariée, dit-il ; & depuis quand ? Depuis
hier, repondit le comte, qui s'étoit bien
attendu à tout ce qu'il voyoit : il y avoit
long-tems, poursuivit-il, qu'il y avoit de
grands engagemens entre elle & son cousin ;
c'est un amour qui a commencé dès leur
enfance : je ne m'y suis jamais oposé ; parce
que je le trouvois assés convenable des
deux côtés ; & le prince m'en ayant parlé
plusieurs fois, je lui en avois donné ma
parole. Voila le principal sujet de son
voyage ; & m'ayant prié de vouloir finir
cette affaire avant qu'il s'en retournât, ma
fille le souhaittant aussi bien que lui, j'y
ai consenti. Notre dessein étoit bien de
vous en donner avis en cérémonie ; mais
dans la disposition d'esprit où vous êtes à
l'égard de mon neveu, nous avons bien
jugé que nos complimens seroient mal reçus, & que ce seroit vous faire plaisir que
de ne vous en point parler du tout, & de
faire la chose sans bruit. Je ne vous en
aurois rien dit aussi, si je ne m'y étois vu

forcé.

forcé par la declaration que vous venez de
me faire ; & qui en m'accablant de confufion ne me fait que trop fentir que je fuis
le plus malheureux de tous les hommes.

Pendant que le comte parloit de cette
maniere, le défolé Tarif s'étant levé avec
un vifage de fureur, marchoit, s'arrêtoit
dans ce cabinet, levoit les yeux & les mains
au ciel, faifoit d'autres grimaces & po-
ftures d'un homme tranfporté & defefperé
en repetant de tems en tems en lui-même, *elle eft mariée & mariée depuis hier!* fans
faire aucune attention à ce que le comte
lui difoit : & fe tournant enfuite tout d'un
coup vers luî ; c'eft affés, feigneur, lui dit-
il, c'eft affés. Le comte, qui entendit bien
ce que cela vouloit dire, & qui n'avoit
pas moins d'envie de fe retirer, que le general d'être défait de fon entretien, lui dit
feulement en prenant congé de lui, que le
prince ne manqueroit pas felon fes ordres
de partir le lendemain pour retourner à
fon armée ; & qu'en confideration de fa
femme, qu'il emmenoit avec lui, il prendroit une efcorte de Goths un peu plus
forte que celle avec laquelle il étoit venu.
Tarif lui répondit froidement en lui tournant le dos, qu'il pouvoit faire tout ce qu'il
voudroit.

Il feroit difficile de reprefenter ici les
divers tranfports de rage & de fureur auf-
quels le general fe laiffa emporter, quand
il fe vid feul, & qu'il put donner libre
carriere aux mouvemens de fon cœur ; car
il n'y en eut jamais, dont la jaloufie & la
colere fe fuffent emparées comme du fien.

Il

Il étoit de son naturel extrêmement violent;
mais dans une occasion comme celle-ci, le
plus patient de tous les hommes, s'il eût
aimé comme lui, auroit été pardonnable
de s'être abandonné à des excês de folie;
le cas le meritoit. Je ne dirai pas celles qu'il
fit, ce seroit tems perdu; mais aprês avoir
passé le reste du jour à s'évaporer tout à loisir, sans vouloir être vu de personne; il
fit venir sur le soir auprês de lui les principaux officiers Maures de son armée, sous
pretexte d'une revue qu'il vouloit faire le
lendemain pour partir le jour d'aprês pour
Tolede. Aprês leur avoir donné ses ordres
là-dessus, il leur dit, que le principal sujet
pourquoi il les avoit fait assembler, étoit
pour leur communiquer une affaire de la
derniere importance, sur laquelle il avoit
besoin de leurs avis, & de leur prudence
pour garder le secret : qu'il y avoit déja
long-tems qu'il avoit été averti, que les
Goths mécontens cherchoient de les abandonner & de se reconcilier avec ceux de
l'autre parti : qu'il avoit eu d'abord de la
peine à s'imaginer une si infame trahison;
mais que la chose meritant la peine de
s'en instruire & d'en être eclairci à fond,
il y avoit mis tous ses soins, & en étoit
enfin venu à bout, mais d'une maniére si
claire & si évidente, qu'il n'avoit plus aucun lieu d'en douter : que c'étoit le prince
Eba qui conduisoit toute cette trame : qu'il
y avoit trois mois qu'il entretenoit une
correspondance secrete avec le prince Pelage : Que ce n'étoit pas sans sujet qu'il
avoit été plus de deux mois devant une ville

comme

comme Cordoue, qu'il auroit pu prendre
en peu de jours par les mêmes intelligences
qui l'en avoient rendu maître ; mais qu'il
y faloit faire perir des Maures, à quoi il
avoit affés bien réuffi : qu'il ne lui avoit demandé du fecours, que dans le deffein de
faire périr plus de monde & en affoiblir
encore fon armée : que fur le jufte refus
qu'il lui en avoit fait, parce qu'il favoit
ce qui fe paffoit à ce fiege, il avoit à la
fin refolu de fe fervir d'un paffage qu'il connoiffoit depuis long-tems : que la ville prife, fans fe mettre en peine de fon armée,
& fans attendre aucun ordre de fa part,
il étoit parti de Cordoue, & étoit venu à
Murcie, où il n'avoit pas feulement daigné
lui rendre une vifite ; & qu'il en devoit
partir de même : que fon voyage n'avoit
d'autre but que de prendre avec le comte
les dernieres mefures pour executer leur
deffein : qu'ils avoient eu nuit & jour de
fecrétes conférences ; & que felon toute
apparence ils étoient convenus enfemble
de ce qu'ils devoient faire : qu'ils alloient
commencer par mettre la princeffe en fûreté : Que le prince devoit l'emmener,
parce que le comte trouvoit fans doute
que c'étoit ce qu'il y avoit de plus em-
barraffant pour lui dans fa defertion, &
qu'elle fervoit comme d'ôtage de fa fidelité : qu'on devoit la faire efcorter de tout
ce qu'il y avoit de plus braves cavaliers
dans l'armée de leur nation, pour profiter de l'occafion de les attirer à eux ; &
que les autres pourroient partir après avec
le comte : qu'on pouvoit voir enfin avec
quelle

quelle adreſſe & quel ſecret toute cette
affaire ſe ménageoit, mais qu'il étoit tems
de leur côté d'y pourvoir, & de ſonger
à ce qu'on auroit à faire ſur une entrepriſe
de cette conſequence, où il n'y alloit pas
moins que de perdre tout le fruit de leurs
conquêtes, & de faire égorger aprés tant
de travaux tout ce qui étoit entré de braves Maures en Eſpagne.

Ces officiers écouterent avec une profonde attention tout ce diſcours de leur general ; mais il y en eut pluſieurs, qui ayant
beaucoup d'eſtime pour le prince, & ſa-
chant à peu près la meſintelligence qu'il y
avoit entre ces deux hommes, à cauſe de
la princeſſe, n'ajouterent pas beaucoup de
foi à toutes ces accuſations, & ne les trouvoient pas trop bien fondées : mais comme ceux-ci ne faiſoient pas le plus grand
nombre, & que d'ailleurs les avis n'alloient
qu'à faire arrêter le prince & le comte
juſques à ce qu'on eût fait une recherche
plus exacte de la choſe, ils y donnerent les
mains pour ne ſe rendre pas garans des
ſuites dans une affaire ſi delicate.

Cependant, ſur l'aveu de ce conſeil, Tarif
donna ſes ordres, & fit partir dês la nuit
même à la ſourdine, par petits pelotons
détachés, cinq cens fantaſſins qui furent ſe
mettre en embuſcade à deux lieues de la
ville, dans un bois par où il falloit neceſ-
ſairement que le prince paſſât pour aller
à Cordoue. Le lendemain à la pointe du
jour toute l'armée s'étant miſe ſous les armes pour la revue, on plaça les Goths au
milieu ; & l'avis étant venu au general que

le prince alloit partir avec deux cens cavaliers, il détacha cinq cens hommes des
mieux montés pour le luivre; afin qu'en
cas qu'il eût eu le vent de l'embulcade
& qu'il prît un autre chemin, ceux-ci ne
pullent le manquer. Mais le prince qui ne
pouvoit s'imaginer, quoique le comte lui
eût pu dire, que la jaloulie fût allés forte
lur l'elprit d'un homme comme Tarifpour
le porter à cet excês de fureur que d'en
vouloir à sa vie, & qui n'avoit pas eu le
moindre loupçon de tout ce qui s'étoit preparé contre lui, ne voulut pas le détourner
de la voye ordinaire; & s'étant mis lur la
route de Cordoue, il ne fut pas plus tôt
arrivé à ce bois où on l'attendoit, qu'il le
vit tout à coup invelti par ces cinq cens al-
fallins. Le hazard avoit voulu qu'après avoir
été julques-là toujours auprés du char de
la princelle, il s'étoit arrêté un peu derriere à l'entrée de ce bois, de lorte que
les gens avoient été les premiers attaqués
& que courant à leurs lecours lans lavoir
ce que c'étoit, il fut bien lurpris de voir
que c'étoient des Maures, & qu'une troupe de ces barbares s'étoit déja failie du
char de la princelle & l'emmenoit. A cette
vue il le lentit emporter d'une telle furie,
que malgré le grand nombre qui l'entouroit
déja les armes levées contre lui, il s'ouvrit un pallage, & la mallue en main, ne
daignant pas employer lon épée contre de
telles gens, il joignit ceux qui enlevoient
la princelle, en étendit coup lur coup
trois ou quatre lur le carreau, & ecartant
tous les autres, avoit déja rendu le char libre

bre; mais n'ayant pu être suivi que de douze de ses cavaliers, & ayant à faire contre cinquante, le malheur voulut qu'il reçut au travers du corps un coup de javelot d'où le sang sortoit en abondance : ce coup neanmoins ne fit que l'animer davantage; mais ce qui lui fit faire des actions d'un jeune lion & au dessus de ses forces naturelles, ce fut la vue mourante de la princesse qui ayant vu le coup qu'on lui avoit porté, se trouvoit accablée de regret & de douleur, de se voir la cause de la mort de son cher époux. Les cavaliers du prince, à l'exemple de leur maitre combattoient comme des enragés; mais l'action se passoit dans un bois où les gens à pié avoient un grand avantage : neanmoins dans un quart d'heure les Maures furent reduits à trente hommes, & peu aprês à vingt; mais il ne restoit plus que cinq cavaliers au prince, & il avoit reçu encore deux blessures; de sorte que foible par la perte de son sang & par le peu de monde qui lui restoit, ils alloient succomber, quand le ciel envoya à leur secours douze autres cavaliers, qui eurent bien-tôt rangé ces barbares, dont la pluspart furent tués, & les autres mis en fuite. Le prince courut d'abord au char de sa chere épouse, & la trouva dans un état digne de pitié, ne faisant que de revenir d'un grand évanouissement. Elle étoit encore si foible, qu'à peine put-elle lever les yeux pour le regarder quand elle ouit sa voix. Quelles tendresses ne lui dit-il pas dans ce moment-là pour la consoler, & pour lui faire reprendre courage, mais

P 2　　　　comme

comme il se sentoit lui-même avoir besoin
de secours, & qu'il perdoit tout son sang,
il se mit dans son char auprês d'elle ; &
renvoyant une partie de ses cavaliers au
secours de leurs camarades, il n'en retint
que six avec lesquels il voulut gagner au
plus tôt la premiere ville pour s'y faire
penser. C'étoit heureusement sortir d'un
cruel & furieux assassinat, mais il n'étoit
pas de sa destinée d'en être quitte. Les cinq
cens cavaliers que le general avoit envoyés
après lui étoient déja aux prises avec les
siens, qui avoient bien mis les fantassins
en déroute, mais qui furent accablés par
ce renfort de cavalerie. Il s'en détacha une
partie pour venir chercher le prince, qui
d'abord qu'il les apperçut remonta à cheval : mais à peine eut il fait face à ces nouveaux assaillans, qu'il reçut un coup mortel
dont il tomba aux piés de sa chere épouse,
vers laquelle se tournant il lui dit : Adieu,
mon aimable princesse. Il s'arrêta ici quelques momens, afin de reprendre un peu
de force pour pouvoir parler ; & d'une voix
mourante, » Mon destin, dit il, auroit
» été trop heureux, si j'avois pu vivre quel-
» que tems uni avec vous. Je meurs nean-
» moins content d'avoir eu ce bon-heur,
» & qu'il n'y ait eu que la mort qui ait pu
» nous separer. Notre mauvaise fortune
» ne nous a point abandonnés ; mais nous
» l'avons du moins surmontée dans la par-
» tie la plus sensible ; & malgré elle nos
» cœurs sont venus à bout de ce qu'ils sou-
» haittoient. Je prévois bien des malheurs
» qui vous arriveront encore ; c'est le seul

» regret

regret que j'emporte en mourant, & de «
n'avoir qu'une vie à vous sacrifier. Faites «
que je continue de vivre en vous ; & que «
notre cruelle ennemi vous trouve. .... «Il
ne put en dire d'avantage, car une foiblesse le prit ici, de l'émotion que lui donna l'idée de Tarif dont il vouloit parler. Il
demeura sans voix & tout ce qu'il put pro-
noncer encore, ce fut un foible adieu.
La malheureuse princesse qui avoit oui ces
dernieres paroles sans les comprendre,
tant elle étoit hors d'elle même, reprit
un peu le sentiment à ce dernier adieu :
elle jetta sur lui un coup d'œil languissant,
& le voyant dans ce déplorable état, &
près d'expirer, elle ne poussa qu'un cri que
la douleur & le desespoir lui arracherent.
Elle fit ensuite quelques foibles efforts pour
se soûlever ; elle voulut descendre de son
char, & aller l'embrasser pour la derniere
fois, mais elle n'en eut pas la force ; &
d'une voix à donner de la pitié aux cruels
Maures même, elle leur demanda par grace de vouloir bien lui donner son cher
époux dans son char ; mais comme ils n'en-
tendoient point sa langue, ils demeurerent
immobiles à sa priere. Ce que voyant deux
cavaliers Goths, qui étoient étendus par
terre aussi bien que leur prince, & qui
tout couverts de blessures pouvoient à peine se remuer, inspirés l'un & l'autre de
la même bonne volonté, firent tous leurs
efforts pour se traîner auprès de leur prince qui respiroit encore. Comme ils n'a-
voient pas la force de le porter, ils tâ-
choient en le tiraillant de l'approcher du

char de la princeſſe : ce qui fit que quelques Maures touchés de compaſſion , & jugeant du deſſein de ces pauvres bleſſés ,
s'approcherent pour les ſecourir , & prenant le corps du prince entre leurs bras,
le placerent dans le char à côté de ſon
épouſe. La déſolée princeſſe ſe mit d'abord
à embraſſer ce malheureux époux, qui
ouvrit encore quelque fois les yeux , &
attachoit ſur elle ſes regards d'une maniére
ſi touchante, qu'elle jettoit des cris les plus
pitoiables qu'on eût jamais entendu. Un des
officiers qui commandoit cette troupe
étant arrivé ſur ces entrefaites , ne put
ſoutenir une ſi triſte vue ; & ayant donné ſes ordres pour conduire le char de la
princeſſe vers Murcie , il regagna le gros
du détachement, qu'il ne voulut point ſuivre. La nouvelle de cette funeſte cataſtro-
phe étoit déja répandue dans Murcie. Tout
le peuple étoit ſorti au devant de ce triſte
convoi à plus d'une demie lieue : ce furent de grandes lamentations quand on vit
arriver cette princeſſe tenant ſon époux
mourant entre ſes bras , & tout baigné de
ſon ſang : mais ce fut quelque choſe de
bien touchant, que d'entendre les cris des
Goths lors qu'ils virent leur prince en cet
état, de les voir déchirer tous leurs habits,
ſelon l'uſage de ce tems-là, pour marquer
leur affliction, & ſe ranger autour de lui
pleurans & gemiſſans. Toute la ville étoit
à ce ſpectacle ; & l'on avoit tant de peine
à paſſer par les rues, que le char fut tres
long-tems à arriver à la maiſon du comte.
Le deuil & l'affliction ne peuvent point être
portés

portés plus loin qu'ils le furent en cette
occasion : car l'empressement que l'on avoit
de voir un prince universellement aimé,
fit que la maison fut toujours & pleine &
environnée de monde qu'une amoureuse
curiosité y attiroit successivement ; jusqu'à
ce qu'enfin le bruit se répandit la nuit sui-
vante qu'il venoit d'expirer. Cette triste
nouvelle mit toute la ville dans la derniere
affliction. Les Maures même n'y furent pas
insensibles. Tarif qui goûtoit seul le plaisir de la vengeance, avoit été fort surpris
de voir les habitans de Murcie s'interesser
si particulierement au malheur d'un prince qu'ils n'avoient jamais vu, & qu'ils n'a-
voient pas trop de sujet d'aimer, puisqu'il
étoit un des deux principaux acteurs de la
destruction de leur pays. Cette reflexion
lui donna même de l'inquietude : & quoique les Goths eussent été tous desarmés ce
jour-là, qu'on les avoit assemblés sous pretexte de cette revue, & que le comte fût
en arrêt dans sa maison, il donna ordre
pour plus de seureté, que plus de la moitié
de l'armée demeurât tout le jour & toute la
nuit sous les armes, & qu'on doublât la
garde autour de son logis. Mais enfin voyant
que ces larmes & tous ces témoignages de
douleur continuoient encore à peu prés
de même le deuxiéme jour, cela le fati-
gua : & resolu de sortir d'une ville qui ne
lui presentoit que des objets outrageans,
il donna ses ordre pour le départ de l'armée, qui devoit se mettre en marche dês
le lendemain. Quand on sut cela dans la
ville, quelques-uns des principaux habitans

tans vinrent offrir au comte de rendre au
corps du prince les derniers devoirs, &
de le faire enterrer avec toute la pompe
& la magnificence qu'on pouvoit faire à
un roi, tant ils étoient penetrés du malheur de ce prince. Le comte y confentit:
mais quand on en parla à la princeffe,
elle en penfa mourir de douleur, & ne voulut jamais permettre qu'on le fortit feulement de fa chambre. On l'embauma, &
le lendemain que l'armée partit, il fauit
lui donner encore la fatisfaction de le mettre avec elle dans fon char, qu'on avoit
pour cela tout paré de noir.

On n'eut pas fait deux journées que le
general Maure reçut un courier, qui lui
apporta des nouvelles qui changerent un
peu la face des affaires, ou du moins qui
lui donnerent matiere de rêver, & de s'embarraffer plus qu'il n'avoit fait du meurtre
de ce prince, & de tout ce qui étoit arrivé à cet égard. On lui mandoit que le
gouverneur Maza, par ordre du calif,
étoit auffi paffé en Efpagne avec une armée de douze à quatorze mille hommes,
qu'il avoit debarqué à Algezira dont il s'é-
toit emparé, & qu'il étoit alors devant
Medina Sidonia qu'il affiegeoit. Tarif eut
foin, felon fa politique ordinaire, de tenir
ces nouvelles fecrétes; & trois heures aprês
l'arrivée de ce courier, il le renvoya à
Maza avec la réponfe: mais Maguel, à qui
le même courier avoit fecretement rendu
des lettres particulieres de la part du gouverneur, & qui étoit lié d'amitié avec le
comte depuis qu'il étoit mécontent du general

neral, ne manqua pas de le lui faire savoir, & de lui faire entendre même que dans peu de tems on verroit bien du change- ment dans les affaires. Mais comme le mê- me Maguel n'avoit eu ni le loisir de faire réponse au Gouverneur, ni l'occasion de la pouvoir rendre en secret à ce courrier, & que l'action de Tarif à l'égard du prin- ce étoit une affaire de trop grande im- portance pour négliger de l'en informer; il resolut de lui envoyer un exprês pour cela. Il en avertit le comte; qui profitant de l'occasion, fit au gouverneur un long détail de tout ce qui s'étoit passé depuis l'arrivée du prince, & y ajoûta des cir- constances que Maguel avoit ignorées.

On marchoit à grandes journées vers Tolede; mais soit que le passage du gou- verneur eût fait un grand changement dans l'esprit de Tarif, qui en prévoyoit assés les suites, soit qu'il vît l'esprit de ses officiers & même de ses soldats un peu refroidi en- vers lui depuis la cruelle affaire du prince; il commença à prendre des maniéres un peu plus douces avec tout le monde. Il mit le comte en liberté, & fit rendre les ar- mes aux Goths. Il fit plus; car ayant fait entrer un jour dans sa tente les principaux officiers de cette nation, il voulut entrer en justification sur la mort du prince. Il leur dit, que les ordres qu'il avoit donnés n'al- loient qu'à le saisir selon qu'il avoit été arrêté dans le conseil de guerre qui s'é- toit tenu pour cela; mais qu'il s'étoit mis en défense, & que c'étoit de là que son malheur étoit arrivé. Il voulut leur mon-
trer.

trer des lettres qui avoient, difoit-il, donné occafion à en venir à cette extrémité, ajoutant qu'il n'auroit tenu qu'au prince de s'en juftifier; mais que la vigoureufe refiftance qu'il avoit faite, n'avoit que trop fait voir qu'il n'étoit pas innocent. Pas un de ces officiers ne voulut lire ces lettres, ni les toucher feulement : on étoit trop perfuadé du contraire auffi bien que du merite & de la vertu de ce prince. Un profond filence entrecoupé de foupirs, fut toute la réponfe qu'ils firent à ces difcours affligeans. Ils fortirent de cette maniere de la tente, à la confufion du general, qui vit bien qu'il n'avoit rien gagné fur eux par cet artifice.

La malheureufe princeffe ne ceffoit nuit & jour de pleurer & de foûpirer; & ne quittoit pas d'un moment le corps de fon cher époux. Elle lui parloit comme une femme qui avoit prefque perdu l'ufage de la raifon. Ces triftes mouvemens, qui fe paffoient fous les yeux de toute l'armée, étoient feuls capables d'entretenir dans les cœurs des fentimens de douleur & d'affliction. Elle avoit paffé les trois premiers jours fans vouloir prendre aucune nourriture; mais l'état pitoyable où elle voyoit que fon affliction mettoit fon pere, & la menace qu'on lui fit de lui ôter ce corps fi elle ne mangeoit, la rendirent plus docile.

On ne trouva pas le moindre obftacle depuis Murcie jufqu'à Tolede : tout étoit dans une fi terrible épouvante & dans un fi grand defordre, que villes, bourgs, châteaux, reaux, tout se rendoit sans resistance; tout étoit même presque desert, la plus part des habitans ayant abandonné leurs maisons. Mais les Goths desertoient furieusement; car soit que Maguel ne se souciât point de chagriner Tarif en publiant l'arrivée du gouverneur en Espagne, soit que cela vînt du comte & qu'il le communiquât à quelques officiers Goths pour les encourager; la nouvelle en fut publique huit jours après le départ du courrier. Dès ce moment-là les Goths commencerent à deserter par pelotons, pour se rendre à l'armée du Gouverneur, non pas sans la participation du comte, qui se servit même & Maguel aussi de l'occasion de quelques officiers, pour écrire encore au gouverneur: de sorte que avant qu'on fût arrivé à Tolede, il ne restoit pas deux mille Goths dans l'armée de Tarif. Il affecta de témoigner de ne s'en pas soucier, disant que c'étoient des perfides à qui il ne pouvoit pas se fier.

Tolede est dans une situation fort avantageuse; & dans ce tems-là, que de bonnes murailles avec de fortes tours suffisoient pour la fortification d'une place, & que ces diaboliques inventions, si j'ose me servir de ce terme, de canons & de mortiers n'étoient point en usage, c'étoit une des plus fortes villes d'Espagne. Pelage s'y étoit voulu enfermer resolu de la défendre jusqu'à la derniere extrêmité, ou d'y mourir. Mais l'Archevêque & plusieurs des principaux seigneurs du royaume qui s'y étoient retirés, & qui le regardoient comme le seul homme capable de rétablir les affaires

de

de la monarchie, si dans le malheureux
état où elles étoient reduites il y avoit encore quelque salut à esperer, s'y oppolé-
rent fortement, & l'obligèrent d'en sortir,
pour ne les pas reduire au desespoir de
ne savoir plus à qui avoir recours, si une
fois ils l'avoient perdu, & que mort ou
vif il fût tombé entre les mains des Maures. Il ceda à des raisons de cette force:
& aprés avoir donné les ordres necessaires
il sortit de Tolede avec l'archevêque Ur-
bain, que le chapitre avoit élu en la place
du malheureux Opas. Ils emporterent avec
eux toutes les reliques des saints, & entre
autres une chasse pleine de reliques qu'on
avoit autre fois apportées de Jerusalem;
un habit de saint Ildefonse, la Bible avec
plusieurs ouvrages de saint Isidore, de saint
Julien, & du même saint Ildefonse, qu'on
regardoit comme des tresors plus precieux
que l'or ni que les perles; & plusieurs autres
choses sacrées pour lesquelles on avoit une
extrème veneration, & qu'on ne vouloit pas
exposer à être profanées si par malheur la
ville venoit à être prise, comme on le craignoit. Ils furent suivis de beaucoup de
personnes de consequence, mais la plûpart
gens d'âge peu propres à la guerre, & sur
tout des dames tant seculieres que reli-
gieuses, qui se retirerent avec eux dans les
montagnes des Asturies. C'est un pays presque inaccessible, & qui servit veritablement
de forteresse aux Goths; puisque ce fut delà
que, par la valeur, la sage conduite, & la
bonne fortune de Pelage, ils se rétabli-
rent peu à peu dans leurs pays, & en chas-
serent

ferent à la fin les Maures. L'expulsion de
ces barbares, dont la domination duroit
depuis prés de huit siécles, fut l'ouvrage
de Ferdinand, sur-nommé le Catholique;
qui ayant assiegé la ville de Grenade, qu'ils
avoient bâtie, la prit en 1492. Tarif arriva
devant Tolede avec une armée d'environ
vingt-huit mille hommes de troupes ague-
ries & accoûtumées à vaincre; ce qui est
beaucoup dire dans le métier de la guerre. On ne perdit point de tems pour faire
les approches; & l'on y alla vigoureuse-
ment: mais les assiegés se défendirent de
même; & il y eut bien du sang répandu
de part & d'autre, sur tout dans le commencement du siege que les sorties étoient
un peu plus frequentes, & que les plus
échauffés voulurent se signaler. Mais peu
à peu cette ardeur passa, ou se modera;
& par la longueur du siege les assiegés devinrent un peu moins touchés de gloire,
qu'ils n'avoient promis dans le commencement, & qu'il n'appartenoit à des gens
qui se disoient la fleur des Goths. Les historiens Espagnols en parlent fort diverse-
ment, & sur tout de la prise de cette ville.
La plûpart veulent qu'elle fut trahie &
vendue par les Juifs qui étoient en grand
nombre dans la place. Mais soit que la
fierté espagnole ne pouvant avouer le manque de courage de ceux de sa nation, soit
bien aise d'en jetter la faute sur les autres;
soit que les Espagnols par l'aversion qu'ils
témoignent pour les Juifs dans leur pays,
quoi qu'ils s'en accommodent fort bien
dans les pays étrangers quand ils ont besoin

soin d'eux ; soit enfin d'autres raisons qu'il faudroit deviner ; je vois que ces auteurs mettent presque par tout sur le compte des pauvres Juifs tous les desordres & tous les malheurs de leur pays. Cependant l'on peut dire, sans leur déplaire, car on ne dira que la verité, qu'il n'y a aujourd'hui guere de familles en Espagne qui puissent absolument se défendre d'avoir contracté quelque mélange avec le sang Hebreu, ou avec celui des Maures : Et cela est assés vrai-semblable, puisque selon même tous les meilleurs historiens de leur nation, dans l'invasion que ces derniers firent de leur pays, ils ne remplirent presque les meilleures villes qu'ils prirent, que de Maures & de Juifs, à qui ils se fioient plus qu'aux Chrétiens ; & que ceux-ci, qui ne furent pas en état ou d'humeur de se retirer avec les autres dans ces montagnes des Asturies ne firent pas de difficulté de se mêler par leurs mariages avec les uns & les autres. Mais c'est trop m'écarter de mon sujet : retournons à Tolede pour voir ce que fait Tarif aprês la conquête de cette place.

Cet illustre general, grand homme de guerre ; mais un peu trop violent amant, ne sentit point la joye que lui devoit donner une conquête qui étoit le triomphe de toutes les précedentes, puisque Tolede étoit la capitale de tout le royaume & la demeure des rois. Mais il n'étoit plus en état de goûter aucune douceur. Ce n'étoit pas l'arrivée du gouverneur qui troubloit ainsi le repos de sa vie, quoique cet article lui donnât quelquefois d'assés méchans quarts d'heure.

d'heure. Cet étrange dérangement venoit
d'un mélange d'amour & de jalousie, dont
il sentoit nuit & jour de si terribles accès,
que s'il avoit pu rencontrer la mort lorsqu'il avoit les armes à la main, il l'auroit
reçue avec joye ; parce qu'il auroit eu la
consolation de mourir du moins comme
un heros, & non pas comme un homme de-
sesperé. Il est vrai, que quoiqu'il fût naturellement brave, il ne s'étoit jamais tant
exposé qu'il fit à ce siege ; & que tous ceux
qui le voulurent suivre y périrent : il sembloit que la mort l'évitât, parce qu'il la
cherchoit. Aussi les actions de valeur &
même de fureur qu'on lui vit faire dans
tout ce tems-là, augmentérent de beaucoup
sa réputation auprés des soldats : mais ce
qui lui regagna d'avantage l'affection des
officiers, ce fut qu'au milieu de ses mor-
tels chagrins il les traita avec plus d'honnêteté, de largesse & de bonté qu'il n'a-
voit jamais fait. A l'égard du comte, il n'y
eut sorte d'honneurs & d'avances d'amitié
qu'il ne lui fit, pour se remettre bien avec
lui. Il reprit à son égard la même conduite
que dans les premiers tems de leur con-
noissance ; en un mot, il redevint avec le
comte le Tarif de Maroc. Il ne faisoit plus
rien qu'il ne lui communiquât : il le preve-
noit dans tous ses desirs ; & comme il n'alloit plus que fort rarement dans sa tente,
il l'en faisoit avertir en consideration de la
princesse, qui ne pouvoit plus le voir ni
même entendre parler de lui sans tomber
en foiblesse. C'étoit là ce qui desesperoit
ce malheureux amant, qui se voyoit presque

que hors de toute esperance d'avoir jamais aucune part dans la tendresse de la
seule personne qui pouvoit le rendre heureux, & sans laquelle la vie lui étoit à
charge.

La ville de Tolede s'étoit donc rendue,
& la capitulation ayant été signée de part
& d'autre, Tarif y fit son entrée avec le
comte, qui marchoit à sa gauche dans le
même rang que lui ; honneur qu'il ne lui
avoit fait dans aucune des villes qu'on avoit
prises. Pour la princesse, elle n'y voulut
entrer que de nuit & sans bruit. Mais comme elle étoit fort connue & même universellement aimée & estimée à Tolede, où
l'on avoit appris la triste avanture de son
cher prince, tout le monde y courut ; & il
y eut une plus grande foule de peuple qu'à
l'entrée des generaux, ce qui renouvela la
douleur de cette affligée princesse, qui
avoit encore dans le même char tout paré
de noir le corps de son fidele époux. Elle
fut logée au palais à l'appartement des
reines, & son pere auprès d'elle. Le general Maure ne vit pas ici des réjouissances
comme à son entrée dans Murcie ; car, outre que les habitans de Tolede n'étoient
pas portés de la même inclination que ceux
de cette ville, c'est que parmi les vainqueurs
même on ne voyoit guére de joie. La comtesse même, quoique peu propre à la tristesse, ne laissoit pas d'en avoir tout ce que
son temperament en pouvoit supporter,
tant pour l'amour de son neveu qu'elle aimoit, que parce que voyant toute sa maison affligée, il faloit au moins qu'elle fei-
gnît

gnît de l'être, si elle ne l'étoit pas en effet.

Tarif prit soin de regler toutes choses dans Tolede ; & y mit de si bons ordres, à ce que les habitans ne fussent ni maltraités ni inquietés par les gens de guerre, que l'on y fut fort content de lui : l'on ne se seroit jamais attendu d'être si bien traité par une nation comme celle-là. Il en donna le gouvernement au comte, pour lui faire plaisir aussi-bien qu'à ceux du pays. Ce commencement de bonne volonté de Tarif envers le comte, à qui il n'avoit jusque-là donné que de belles paroles, étoit bien quelque chose d'effectif, & qui marquoit assés la consideration qu'il avoit pour lui ; mais celui-ci étoit blessé trop profondement dans le cœur pour en pouvoir revenir : le meurtre de son neveu, la désolation de sa fille, la détention de sa propre personne, la maniere dont on en avoit usé avec lui depuis Malaga ; & par dessus tout cela, l'ouverture que le general avoit bien voulu lui faire lui-même de ses ambitieux desseins sur la couronne d'Espagne, sans se souvenir seulement de ce qu'il lui avoit promis tant de fois, que ce n'étoit que pour lui qu'il avoit pris les armes, & qu'il ne travailleroit que pour lui ; c'étoient des playes encore trop nouvelles ; tout cela, dis-je, étoit encore trop recent, pour les pouvoir guerir avec un simple remede comme celui du gouvernement de Tolede. De plus, il n'étoit presque plus en son pouvoir de se racommoder avec lui, après la lettre forte & terrible qu'il avoit écrite au gouverneur en

partant de Murcie. Il lui mandoit non feulement le détail de fon action envers fon
malheureux neveu , mais même tout fon
procedé avec lui, & tout ce qu'il avoit fait
depuis fon entrée en Efpagne : & par deffus
tout cela , comme il étoit vivement outré
d'un traitement aufli indigne que celui d'a-
voir été mené comme un miferable prifon-
nier au milieu de l'armée, il n'avoit pu
s'empécher de lui écrire aufli quelque chofe des deffeins fecrets que ce general lui
avoit confiés, & dont il fe remettoit à lui
dire des particularités dans une entrevue.
Deforte qu'aprês de fi terribles & fi méchans offices qu'il avoit rendus à Tarif auprês de fon mortel ennemi, il voyoit bien
qu'il n'y avoit plus de retour ; & que pour
n'achever pas de fe ruiner en fe perdant
des deux côtés, il faloit s'en tenir à l'engagement dans lequel il venoit d'entrer
avec Maza. Il favoit bien qu'il ne pouvoit
faire un plus grand plaifir à celui-ci, ni
lui rendre un plus grand fervice ; & qu'il
feroit extrêmement ravi de l'avoir dans fon
parti. Il jugea neanmoins neceffaire de dif-
fimuler avec le general, jufqu'à ce que l'occafion fût venue de lever le mafque.

On peut dire que cette occafion étoit en
chemin, car elle fe prefenta peu de tems
aprês. Ce fut à l'arrivée d'un fecond courier que le gouverneur depêcha à Tarif,
pour lui donner avis qu'il s'étoit rendu
maître de Medina Sidonia, & qu'il avoit
pris fa marche vers Carmona : que cette
ville étant forte & foûtenue d'une bonne
garnifon, il pourroit y avoir befoin d'un

renfort

renfort de troupes ; & qu'il le prioit de lui
envoyer Maguel avec les quatre mille hommes qu'il commandoit : à quoi il ajoûtoit,
que comme il étoit encore nouveau dans
le pays, & qu'il n'y manquoit pas d'affaires,
il penfoit qu'un homme d'un auffi bon confeil que le comte Julien lui feroit nece -
faire ; & qu'il lui feroit plaifir de le laiffer
venir auprès de lui, en cas que Maguel
pût le lui perfuader. Cette lettre qui étoit
veritablement un ordre, redoubla les inquietudes du general, & non fans raifon ;
car il y démêloit affés le fondement de fes
foupçons. Le gouverneur étoit bien plus
à portée de fe fervir des troupes qui étoient
à Cordoue, & fous les ordres de fon fils,
s'il en avoit eu veritablement befoin, que
d'en venir chercher fi loin à Tolede : & à
l'égard du comte, le détour n'étoit pas affés
fin pour ne lui laiffer pas entrevoir qu'il y
avoit là quelque chofe de plus que le befoin de fes confeils. Les reflexions qu'il fit
fur cela auroient bien pu achever de le
pouffer à quelque coup de defefpoir, s'il
n'eût eu en tête que les affaires de fon ambition : mais l'amour, qui étoit fa paffion
dominante, lui en donnoit bien d'une autre nature. Et comme s'il n'eût afpiré à la
couronne d'Efpagne, que pour la mettre
aux piés de cette cruelle princeffe, il ne
s'en foucioit plus depuis qu'il commençoit
à perdre l'efpoir de s'en faire aimer. Il
ne fentoit même plus ni gloire ni ambition ;
& pour le dire en un mot, rien ne le tou-
choit. Il ne doutoit pas que ce ne fût là un
tour de Maguel, qu'il favoit avoir envie

Q 2

depuis

depuis long-tems de le quitter ; mais il ne
croyoit pas que le comte y eût aucune part,
ni qu'il le voulût abandonner pour un homme comme le gouverneur, pour qui il lui
avoit si souvent témoigné de l'aversion.

Le même courier étoit chargé d'un paquet pour Maguel ; & il le lui rendit avant
que de rendre celui du general. Il y avoit
dans ce paquet une lettre pour le comte,
à qui il la porta aussi-tôt, & lui dit en même tems qu'il avoit ordre du gouverneur
de partir, & de se rendre auprès de lui
avec les quatre mille hommes qu'il commandoit, & de lui offrir avec cette escorte
ses services, au cas qu'il fût toujours dans
la même résolution de l'aller joindre : qu'il
ne devoit point s'embarrasser de Tarif ; par
ce que si par hazard il vouloit s'opposer à
son départ, il avoit là-dessus à lui faire voir
des ordres exprês du calife, auxquels il
étoit bien assuré qu'il ne voudroit pas dés-
obéir. Le comte se sentit comblé de joye
à cette nouvelle, comme un esclave à qui
on auroit annoncé celle de sa liberté. Il ouvrit la lettre du gouverneur, & n'y trouva
que des honnêtetés & des offres de service
pour lui & pour toute sa famille, sans entrer dans aucun détail d'affaires : il se con-
tentoit de l'assurer qu'il trouveroit en lui
un ami qui ne l'abandonneroit de sa vie,
& le prioit de se servir de Maguel, en tout
ce où il pourroit en avoir besoin. Le gouverneur connoissoit Tarif, comme Tarif le
connoissoit ; & il étoit d'ailleurs de son naturel homme à garder en tout de grandes
précautions. Le comte dit à Maguel qu'il
étoit

étoit toujours dans le dessein d'aller trouver le gouverneur; mais que quelque sujet de plainte qu'il eût contre Tarif, il vouloit garder avec lui quelques mesures de bienséance, & ne s'en pas séparer qu'avec bonne grace; qu'il prendroit son tems pour cela; & que cependant il n'avoit qu'à se préparer pour son départ, que s'il ne partoit pas avec lui, il le suivroit de près.

Le dessein étoit honnête, mais il n'étoit pas moins prudent; l'exemple funeste de son neveu en auroit rendu sage un autre moins prévoyant que lui. Il fut sans perdre de tems chés Tarif, & lui fit entendre le sujet de sa visite. Quoique ce general eût dû être préparé à une telle nouvelle par la lettre de Maza, il ne put s'empêcher d'en être fort surpris; & le regardant de l'air d'un homme qui auroit eu du regret de son départ, il lui demanda s'il avoit bien songé à ce qu'il faisoit; & si le gouvernement de Tolede lui paroissoit si peu de chose, qu'il le voulût abandonner pour se retirer auprès d'un homme, pour qui il n'avoit jamais senti aucune inclination. Le comte lui répondit qu'il lui étoit obligé de la bonté qu'il avoit eue en cela pour lui; mais qu'il ne pouvoit s'ôter de devant les yeux le sang de son neveu & le déplorable état de sa fille; & moins encore oublier la servitude dans laquelle il l'avoit tenu, ni les autres mauvais traitemens qu'il avoit soufferts. Jamais le comte n'avoit été d'une si grande sincerité, & n'avoit expliqué si nettement ses sentimens, que dans cette occasion, où il avoit eu besoin d'user de dissimulation.

diſſimulation, aprês la confidence impor-
tante qu'il ſavoit que Tarif lui avoit faite,
& ſur le point d'aller ſe joindre avec ſon
ennemi mortel. Mais il avoit le cœur trop
chargé ; & il voulut pour cette fois-là ſe
ſoulager, & faire voir à un homme de qui
il avoit tant à ſe plaindre, qu'il ne le craignoit plus. Ce general fut outré de tous
ces reproches ; parce qu'il croyoit que la
maniére dont il vivoit depuis quelque tems
avec le comte devoit avoir reparé tout cela.
Quelques auteurs diſent même qu'il s'en
falut peu qu'il ne payât cette imprudence
de quelques coups de poignard ; mais le
maure Raſis, qui dans ſes memoires fait
ſon heros de Tarif, rejette fort cette opinion, & le juſtifie même à l'égard du meurtre du prince ; prétendant que les ſoupçons
que l'on avoit de ſa conduite étoient fort
bien fondés, & que ſon accord étoit fait
avec Pelage ; mais c'eſt un hiſtorien qui à
l'égard de ceux de ſa nation eſt trop par-
tial.

Quoi qu'il en ſoit, c'eſt la verité que Tarif diſſimula la bleſſure que lui firent ces reproches ; & qu'aprês avoir été quelques
momens ſans rien dire, comme s'il eût fait
reflexion à ce qu'il alloit faire, il regarda
fixement le comte, & ſe radouciſſant le
plus que ſon humeur le lui pouvoit permettre. J'avois eſperé, lui dit-il, que la
maniere dont je ſuis revenu à vous depuis
quelque tems vous rameneroit à moi ; & que
la confiance que j'ai eue en vous, en vous
communiquant le ſecret de ma vie, auroit effacé de votre eſprit toutes ces fâ-
cheuſes

cheufes impreffions, que vous avez prifes
fur mon fujet ; mais je vois bien que vous
avez abfolument renoncé à mon amitié. Le
comte fe contraignant ici, lui répondit,
qu'il en avoit fait trop de cas pour y re-
noncer, & que la fincerité avec laquelle il
venoit de lui parler, étoit une marque de
fon eftime ; mais qu'il étoit vrai qu'il auroit bien defiré, ou de ne l'avoir jamais
trouvé tel qu'il l'avoit connu à Maroc, ou
qu'il ne fût jamais changé à fon égard. Tarif le regardant d'un air de confiance ; Seigneur, lui dit-il, croyez-moi, foyons bons
amis ; nous en avons befoin vous & moi.
Nous pouvons, étant unis enfemble, nous
mettre au-deffus de la fortune ; & fi nous
fommes divifés nous ne ferons rien, ou
plutôt nous nous perdrons tous deux. La
couronne d'Efpagne vous tente-t-elle,
pourfuivit-il avec encore un peu plus d'ardeur & d'un air de miftere ? Elle eft à vous,
fi vous voulez : j'y renonce pour l'amour de
vous ; & je ne vous demande point d'autre
retour d'un tel prefent, que de me remettre bien avec la princeffe, qu'elle me veuil-
le voir, & fouffrir feulement que je vive
pour elle, fans prétendre plus de part dans
fon cœur qu'elle ne voudra m'en accorder ;
le tems & les occafions pourront peut-être
la convaincre un jour que je n'étois pas
tout-à-fait indigne d'y avoir quelque place.
La verité eft que l'ame du comte fut ici fu-
rieufement ébranlée ; & qu'il trouva dans ce
moment qu'il s'étoit un peu précipité dans
les engagemens qu'il avoit pris avec Maza,
& dans les chofes qu'il lui avoit écrites

de Tarif ; mais il n'y avoit plus de remede. Il se contenta de dire à celui-ci, que ce qu'il venoit de lui proposer étoit quelque chose de si grande consideration, qu'elle meritoit bien qu'il y songeât un peu ; & qu'il le prioit de lui donner quelques jours pour cela. Tarif lui répondit qu'il ne desaprouvoit point cette conduite ; qu'il y avoit de la prudence à bien examiner les choses avant que de les entreprendre ; & ne le laissa point partir d'aupres de lui, qu'après lui avoir dit encore plusieurs choses capables d'animer un homme moins ambitieux que le comte à accepter le parti qu'il lui offroit.

Le Goth étoit pour cette fois-là bien en peine quel parti il prendroit ; & il est certain que s'il eût pu se fier tout de bon aux paroles de Tarif, après ce qu'il lui avoit dit de ses desseins sur la couronne d'Espagne, il est certain, dis-je, qu'il auroit tout risqué auprès du gouverneur pour renouer avec le general ; mais il savoit que la maladie du trône étoit une de celles dont on ne guerissoit jamais : il le savoit par sa propre experience ; & il étoit tout persuadé que Tarif ne lui faisoit toutes ces belles offres, que pour l'éblouir & le détourner d'aller trouver le gouverneur, de peur que se rangeant de son parti, il ne vînt à lui reveler ses secrets.

Ces reflexions servirent à le convaincre de l'impossibilité de se dédire avec Maza ; mais il reconnut en même tems la faute qu'il avoit faite dans le discours qu'il avoit tenu au general, à qui il avoit fait voir le

vif

vif reffentiment qu'il confervoit contre lui. Il ne comprenoit pas comment, après une telle declaration, il l'avoit laiffé échapper de fes mains; car avec les Maures les executions étoient promptes, & il ne faifoit pas fûr de leur dire des chofes capables de les offenfer. Il réfolut bien de ne s'y pas avanturer une feconde fois, fur tout n'ayant aucune bonne réponfe à lui faire fur cette éclatante propofition de la couronne, puifqu'il étoit entierement déterminé d'aller joindre le gouverneur.

Il ne lui reftoit plus pour cela qu'une chofe à faire, qui lui paroiffoit la plus difficile : c'étoit d'obliger fa fille à laiffer à Tolede ce tombeau du prince fon Epoux qu'elle traînoit avec elle. La propofition qu'il lui en fit renouvella vivement fes douleurs, & lui arracha un torrent de larmes dont il fe fentit attendri: neanmoins à force de lui reprefenter fon devoir là-deffus, tant à l'égard de la religion qu'à celui de la bienfeance, elle fut obligée de fe rendre & de confentir qu'on rendît les derniers devoirs à ce prince, & cela d'autant plus que la ville de Tolede étoit le lieu de la fepulture des rois d'Efpagne. Mais pour achever de l'y refoudre, le comte lui dit que fi elle ne fe rendoit à ces raifons, il feroit obligé de partir feul, & de la laiffer à Tolede. C'étoit en effet la prendre par fon foible, car elle auroit mieux aimé mourir que de refter feule à la merci d'un homme qu'elle regardoit comme fon mortel ennemi, & en qui elle ne pouvoit penfer qu'avec horreur. Elle demanda feulement qu'on retardât de quelques jours cette ceremonie : ce qu'elle obtint d'autant plus facilement qu'il faloit du tems pour les préparatifs des funerailles. Elles furent telles & d'une si grande magnificence, qu'on ne comprenoit pas comment en si peu de tems on avoit pu faire tant d'ouvrage. Il est vrai que Tarif s'en mêla ; & que ce fut lui qui contribua le plus à la dépense. Et comme rien ne lui coutoit, quand il s'agissoit de faire plaisir à la princesse, & que c'en étoit de plus un fort grand pour lui de ne plus voir ce tombeau suivre son armée, il n'y épargna rien ; & ce furent des honneurs qu'il fit rendre au corps de ce prince, qu'on n'auroit jamais pu en faire davantage pour un roi. Il fit mettre le jour de l'enterrement toute l'armée sous les armes dans la pleine de Tolede, où l'on avoit dressé un superbe mausolée pour le corps que l'on y porta. Tous les officiers tant Maures que Goths étoient en habit de deuil, & tous les soldats marchoient les armes traînantes. La ceremonie commença dès les huit heures du matin ; mais malgré le jour il ne laissa pas d'y avoir un nombre infini de flambeaux. L'écu du prince étoit porté en trophée d'armes sur un char de triomphe. Toutes les rues par où le convoi passa furent tapissées de drap noir ; & les actions du prince se voyoient representées en divers endroits. L'église metropolitaine étoit toute tendue de velours noir, avec des bordures de brocard d'argent. On y avoit élevé comme une maniere de chapelle ar-

dente

dente richement parée, pour le comte, qui faisoit les devoirs de la ceremonie, & qui y fut suivi de tout ce qu'il y avoit de plus illustres seigneurs dans la ville. L'église paroissoit toute en feu du luminaire prodigieux qu'il y avoit ; mais rien n'étoit d'une plus grande magnificence que le mausolée, où non seulement l'or & l'argent brilloient par tout, mais les pierreries en grand nombre. Tous les officiers Goths entrérent dans l'église, & les Maures demeurerent à la porte. Pour le general, il n'avoit pas jugé à propos de s'y trouver, pour plusieurs considerations qu'il seroit assés inutile de dire. Le service dura jusqu'à deux heures après midi. L'on s'en retourna au palais dans le même ordre qu'on étoit venu à l'église, & tout ce qu'il y avoit de principaux seigneurs & officiers y furent faire leurs complimens de condoleance à la princesse, qui étoit dans un grand lit de parade, ayat la comtesse auprès d'elle avec quantité de dames. Quand elle auroit été la reine d'Espagne, on n'en auroit pas pu faire davantage, ni la traiter avec plus de pompe & de splendeur.

Dans l'embarras où le comte avoit été avec toutes ces funerailles, il n'avoit pu voir le general que quelques momens ; mais dans ces momens il n'avoit pas laissé de lui faire entrevoir qu'il se disposoit à s'unir tout-à-fait d'interêts aussi bien que d'amitié avec lui. Tarif n'avoit pas eu beaucoup de peine à le le persuader ; car pour un homme du caractere du comte, il savoit bien que l'offre d'une couronne

étoit un appas trop charmant pour manquer d'y être pris. Ils étoient faits l'un
pour l'autre ; ils cherchoient à se tromper
& se trompoient en effet tous deux : on ne
donne jamais si aisément dans les piéges
d'un autre, que quand on est occupé à lui
en tendre. Ce qui acheva d'abuser le general, ce fut que dès le lendemain de l'enterrement, Maguel qui avoit mis ordre à
toutes ses affaires, & qui étoit prêt à partir avec ce corps de troupes qu'il commandoit, vînt prendre congé de lui. En
effet, il se mit en marche dès ce jour-là
même, dont Tarif eut bien de la joie ; car
il jugea de-là, que puisque le comte n'étoit
point du voyage, il étoit tout-à-fait resolu de demeurer attaché à lui. Mais si le seigneur Goth ne partoit point avec Maguel,
il savoit bien où le joindre. C'étoit un effet
de sa politique, qui demandoit qu'il prît
mieux son tems pour se séparer d'un homme qui lui avoit mis sa vie & sa fortune
entre les mains, par les secrets qu'il lui
avoit confiés, & qui lui en avoit assés fait
connoître l'importance par les derniers
efforts qu'il avoit faits pour le retenir auprès de lui : l'idée de son neveu ne partoit
point de devant ses yeux ; c'étoit dequoi
être prudent.

Ayant donc laissé partir Maguel pour ne
rien risquer de son côté, il fut trouver Tarif avec un air plus content qu'il ne lui
avoit montré depuis qu'ils étoient à Tolede,
lui témoignant d'abord que sa joye venoit
de ce que Maguel étoit parti, parce qu'il
l'embarrassoit à force d'honnêtetés & d'offres

fres de la part du gouverneur. Tarif y fut pris pour dupe pour cette fois-là, car il le crut ; & entrant tout de bon en confidence avec lui, c'est-à-dire, autant que ses interêts le demandoient, il lui fit un plus long détail du plan qu'il s'étoit formé dans l'esprit, pour se rendre malgré même l'arrivée du gouverneur, le maître absolu de l'Espagne : lui disant, qu'il n'avoit de son côté qu'à travailler à se concilier l'affection des gens du pays, & que pour lui il lui promettoit que dans trois mois il auroit débauché à son concurent plus de la moitié de son armée. Ils prirent sur tout cela diverses mesures ; & s'enfonçant encore plus avant dans les raisonnemens, Tarif fut d'avis de ne perdre point de tems pour s'emparer des provinces qui étoient encore à soumettre, pour n'avoir pas à partager cette gloire & cet avantage avec le gouverneur, & pour profiter de la bonne volonté où il trouveroit les vaincus pour eux, par la maniere douce dont ils les traiteroient, & les privileges avantageux qu'ils leur accorderoient. Le comte fut du même sentiment ; mais il trouvoit à propos de commencer par s'assurer de quelques places importantes, & qui fussent absolument à leur devotion ; tant pour être les plus forts de ce côté-là dans le royaume, que pour leur servir de retraite en cas de besoin & de malheur. Tolede lui paroissoit être celle de toutes, qui leur convenoit le mieux, comme la capitale du royaume, & une des plus fortes qu'il y eût. Le general lui dit, que c'étoit bien aussi sa pensée ; mais que ne pouvant pas tout faire ni être par tout, il faloit qu'il se chargeât lui-même de cela, qui étoit assés son affaire ; & qu'il mît même cette ville dans un état à pouvoir en faire le théatre de la guerre s'il en étoit besoin, pendant qu'il marcheroit à Segovie, & de-là à Leon. C'étoit bien ce que le comte demandoit ; & Tarif ne pouvoit pas faire autrement que de se fier à lui ; neanmoins à la maniere des politiques, c'est-à-dire, en prenant toutes les suretés imaginables de son côté ; car il laissa dans cette ville quatre mille Maures de garnison, avec un commandant, de la fidelité duquel il étoit assuré, & qui ne dépendoit en aucune maniere du gouverneur, qui n'avoit à se mêler que des affaires de la ville. Ce qui fit bien connoître au comte, que Tarif n'avoit point encore changé de dessein, quoi qu'il eût changé avec lui de barbarie. Mais cela ne l'inquietoit point, puisque sa résolution étoit prise de se lier tout entier aux interêts de Maza. Le general auroit bien voulu, avant que de partir de Tolede, s'être reconcilié avec la princesse, & l'avoir du moins vue une fois ; mais le comte, qui lui faisoit entendre tous les jours qu'il employoit tous ses soins pour cela, lui representa que la playe étoit encore si fraîche, que pour sa satisfaction même il valoit mieux qu'il attendît jusques à son retour, qu'elle se seroit un peu consolée, ou du moins que les objets ne lui fraperoient pas si fort la vue : que le plaisir qu'il pourroit avoir en cela ne pouvoit être que fort triste pour lui, de

voir

voir une pauvre princesse toute baignée de
larmes, dont elle le croyoit la source.
De sorte qu'il quitta Tolede avec ce regret ; mais un peu consolé néanmoins des
belles esperances que lui donnoit le comte, de travailler pendant son absence à ce
racommodement.

Il ne fut pas à huit journées de cette
ville, que le comte qui se préparoit sous
main à son départ, ayant disposé toutes ses
affaires, & fait tenir sur sa route des re-
lais par le moyen de Maguel, sortit dé-
guisé de Tolede avec la comtesse & sa fille
à l'entrée de la nuit, & joignit en peu de
jours cet officier, qui dans ce dessein-là ne
marchoit qu'à petites journées, avec ses
quatre mille hommes. Quand il y fut arrivé, ils prirent ensemble les devans pour
se rendre plus tôt auprês du gouverneur ;
& laisserent venir les deux princesses avec
ce corps de troupes, qui étoit une escorte
plus que suffisante contre quelque ennemi
qui les eût voulu attaquer sur cette route.

Mais il est tems que je vienne à ce gouverneur, & que je dise ce qui l'avoit obligé de passer la mer ; car il ne pouvoit pas
quitter ainsi un gouvernement comme le
sien sans la participation du calife : comme en effet ce fut de sa part qu'il entre-
prit ce voyage ; mais ce furent ses intrigues secrétes qui lui en firent donner la
commission, comme on va le voir. Maza
n'eut pas plus tôt appris le bonheur des
armes de Tarif en Espagne, la facilité qu'il
trouvoit par tout à vaincre, & la quantité
de richesses qu'il amassoit dans ce pays-là,
qu'il

qu'il se sentit ronger de mille remors de
n'avoir pas lui-même entrepris cette expe-
dition, comme cela ne dépendoit que de
lui ; & d'en avoir laissé la gloire & l'avantage à son ennemi capital. Mais c'éto t parce qu'il avoit cru qu'il y échoueroit avec
si peu de troupes contre toutes les forces
d'un si puissant royaume ; le bruit commun
étant que l'armée de Roderic seroit de plus
de cent mille hommes ; comme en effet cela
se trouva fort veritable, mais elle n'en étoit
pas pour cela plus forte. Neanmoins comme le gouverneur comptoit sur le nombre ;
& qu'il avoit oui dire à son fils même que
les Goths étoient de fort bons soldats, &
qu'ils faisoient fort bien leur devoir, il ne
doutoit point que Tarif ne fût batu, &
perdu par là de réputation, qui étoit juste-
ment ce qu'il desiroit. Les choses ayant
donc eu un plus glorieux succês pour Tarif, qu'il n'avoit esperé, il resolut de le
traverser comme il avoit toujours fait, &
de tâcher par toutes sortes de méchans
offices auprês du calife de le faire rap-
peller, pour y être envoyé en sa place,
& achever la conquête de ce royaume. Il
commença par l'affaire de cette bataille
contre Roderic, que ce general avoit donnée avec trop de précipitation & contre
l'avis des plus sages officiers, ainsi que
Maguel lui en avoit écrit fort au long ; cette grande armée étant sur le point de se
défaire d'elle-même, & de se dissiper par
le manque des vivres, dont il y avoit déja
une extrême disette, ce qui auroit épargné le sang & la vie d'un grand nombre de

Maures,

Maures qu'on y perdit inutilement, & que
Maza exagera encore un peu. Comme c'é-
toit à lui à instruire le calife de toutes ces
choses, il ne manqua pas de leur donner
le tour qu'il faloit pour faire auprês de
cet empereur l'effet qu'il souhaitoit.

C'étoit bien assés pour le gouverneur que
l'envie & l'avarice pour fomenter la vieille
haine qu'il avoit pour Tarif, sans que la jalousie s'en mêlât aussi, ce qui acheva de le
mettre tout en feu. Elle lui prit au retour
du Maure qu'il avoit envoyé à Ceuta pour
complimenter les deux princesses sur une si
belle victoire, où elles ne pouvoient manquer de prendre beaucoup de part, & qui
l'informa du départ de ces belles pour l'armée de Tarif. Cette jalousie augmenta encore par la liberté & la familiarité que
Maguel lui manda ensuite, que Tarif se
donnoit avec elles, & par la prodigieuse
dépense qu'il faisoit à les regaler & à les
divertir de toutes les manieres ; la passion
de ce general pour la princesse n'étant plus
un secret dans l'armée. Depuis toutes ces
nouvelles, dis-je, qui alloient croissant de
jour en jour, Maza ne dormoit plus ; & ne
songeoit qu'aux moyens de ruiner son rival, dont il ne perdoit pas la moindre occasion.   Outre Maguel, il avoit ses crea-
tures dans cette armée, qui étant des gens
qui ne gardoient aucun ménagement avec
leur general, celui-ci les ménageoit encore
moins, & les traitoit dans toutes les occasions avec encore plus de fierté que les
autres : ce qui faisoit qu'ils écrivoient contre lui au gouverneur pour le plaisir de se
venger.

venger, & pour faire leur cour à un homme dont ils connoissoient la haine. Maza mettoit tout cela en œuvre, & envoyoit au calife jusques aux originaux de ses lettres, quand il y avoit quelque chose qui le meritoit. On étudioit nuit & jour Tarif: toutes ses actions étoient sinistrement interprétées : il ne lui échappoit pas une parole de legereté ou de vanité, qui ne fût empoisonnée. C'étoit bien dequoi perdre un homme que la bonne fortune emportoit un peu au-delà des bornes du caractere d'un particulier ; & qui enflé de la gloire qu'il s'acqueroit tous les jours, tranchoit un peu du souverain. C'étoit, dis-je, dequoi donner de bons avis pour un prince aussi delicat sur ce chapitre qu'il l'étoit ; & que le sont generalement tous les monarques à l'égard de leurs sujets, quand ils sont employés à quelque conquête. Néanmoins cet empereur, qui étoit déja instruit de l'animosité qu'il y avoit entre Maza & Tarif, & qui les estimoit tous deux, ne se laissa pas persuader aux premieres lettres du gouverneur : il voulut s'en faire instruire par d'autres ; & donna des ordres secrets pour cela. Ces ordres, qui tomberent apparemment entre les mains de gens qui n'étoient pas trop des amis du general, ou qui voulurent faire exactement leur devoir auprês de l'empereur qui les honoroit de sa confiance, produisirent des informations qui se trouverent assés conformes aux lettres du gouverneur : si bien que le calife ordonna à celui-ci de passer en personne en Espagne ; avec tel corps d'armée

mée qu'il jugeroit neceſſaire, tant pour aider Tarif à achever la conquête de ce
royaume, que pour obſerver ce general
de prês, & s'oppoſer de tout ſon pouvoir
à ſes deſſeins particuliers, en cas que ſon
ambition allât juſqu'à entreprendre quelque
choſe contre ſon ſervice.

Quand Maza eut reçu cet ordre ; il ſe
ſentit le cœur ſoulagé d'un peſant fardeau.
Il rajeunit de dix ans : il ſe mit mille chi-
meres agréables dans l'eſprit, qui le di-
vertiſſoient. Il y eut en lui une ſuſpenſion
de chagrins & d'inquietudes, tant du côté
de l'envie que de celui de la jalouſie, qui le
laiſſa du moins un peu plus au large. Il ſe faiſoit une joye de jeune homme, d'aller faire
aſſaut de gloire & de galanterie avec un
rival comme Tarif, qu'il regardoit comme ſon inferieur en tout : car s'il étoit un
peu plus vieux, il n'étoit pas borgne ; ce
qu'il conſideroit comme quelque choſe
de bien plus deſagréable auprês d'une
belle princeſſe, que quelques vingt années de plus ; défaut que, quand on ſe porte bien, on devoit à ſon avis compter pour
rien ou du moins pour peu de choſe. Au
mêtier de la guerre il croyoit en ſavoir naturellement plus que lui, parce qu'il y
avoit plus d'experience ; & ſi Tarif avoit
remporté des victoires & pris des villes, il
s'imaginoit bien qu'il trouveroit encore en
Eſpagne aſſés d'affaires, pour faire voir
qu'il étoit dans l'un & dans l'autre du moins
un auſſi grand maître que lui. Pour de la
dépenſe & de la magnificence, il étoit bien
reſolu de ne pas ceder à ſon rival. Un homme

me riche, que l'amour a surpris dans ses vieilles années, porte la dépense plus loin qu'un autre : car comme c'est son plus bel endroit, ou du moins celui dont il peut plus facilement s'acquiter auprès d'une maitresse, il n'y épargne rien.

Enfin après une diligence incroyable qu'il fit, pour avoir au plus tôt sur pié une armée d'environ quatorze mille hommes, & avoir donné les ordres necessaires pour tout ce qui concernoit son gouvernement, il partit de Maroc, vint s'embarquer pour passer en Europe, & aborda avec ses troupes à Algezira, qui se rendit à la premiere sommation. De-là il fut à Medina Sidonia, d'où il donna avis à Tarif & à Maguel de son entrée en Espagne ; nouvelle qu'il savoit bien ne devoir pas trop plaire au premier ; mais il n'y venoit pas aussi pour cela. Un grand nombre de Goths, qui cherchoient à faire fortune aux dépens de leur pays, se joignirent à lui. Les habitans de la ville se confiant sur l'assiete avantageuse de la place, qui est sur une hauteur assés difficile pour l'accés, resolurent de se bien défendre, & le firent en braves dans le commencement du siege : mais cette ardeur ne dura pas long-tems, & ils se rendirent même à des conditions fort peu honorables après un mois de défense ; ce qui étoit peu de chose en ce tems-là, qu'on ne connoissoit ni canon ni mortier.

Le gouverneur fit son entrée dans cette ville avec quelque ceremonie, parce qu'elle lui avoit coûté quelque soin & quelque peine à la prendre ; mais il n'eut pas tant de
joye.

joie de cette conquête le jour qu'il y entra,
que d'un paquet qu'il reçut de Maguel au retour de l'exprès qu'il lui avoit envoyé à Murcie. La lettre sur tout du comte lui fit un
plaisir singulier; car c'étoit une piéce propre
à donner le coup de grace à la fortune chan-
celante de son ennemi, & qui meritoit seule
qu'on dépêchât un courier au calife; il n'en
épargna pas la dépense; & il le fit partir
le jour d'après. Cette action du meurtre du
prince Eba lui paroissoit une affaire bien
hors de propos à l'égard de la politique,
& bien monstrueuse à l'égard du monde &
de la justice; mais ce qu'il regardoit de
plus essentiel & de plus chatouilleux pour
le calife, étoit ce que le comte lui mandoit des affaires secrétes de Tarif, dont il
lui avoit fait lui-même confidence, & dans
lesquelles il l'avoit voulu embarquer. C'é-
toit-là ce que demandoit Maza; parce que
ce témoignage, qui venoit d'original &
qui parloit si clair, confirmoit authenti-
quement tous les soupçons de trahison &
d'ambition qu'il avoit semés de son rival;
après quoi il ne doutoit pas qu'il ne triom-
phât absolument de lui, & qu'il ne fût en-
tiérement perdu.

Il eut encore un plaisir charmant qu'il
goûta à long traits dans la lecture de ces
lettres: ce fut qu'après un coup aussi cruel
que celui que Tarif venoit de porter à la
belle princesse, par la mort affreuse de ce
qu'elle avoit de plus cher, ce general ne
devoit pas esperer d'avoir jamais aucune
part dans son cœur; & qu'ainsi il sembloit
que l'amour & la fortune s'accordassent
ensemble

ensemble pour le mettre en toutes maniéres au-deſſus de ſon rival. Jamais homme
ne fut plus content, ni n'eut des momens
plus réjouiſſans, que l'amoureux gouverneur en eut, de voir que tout lui proſpe-
roit ſi bien. Il dépêcha dès le jour d'après un
nouveau courier à Tarif, ſous prétexte de
lui demander Maguel avec un ſecours de
quatre mille hommes, dont il n'avoit pas
beſoin ; car outre que ſon armée groſſiſſoit
tous les jours tant de Goths que de Maures, ſon fils qui étoit encore à Cordoue à
pouſſer la tendreſſe auprès de la reine,
avoit une armée de dix à douze mille hommes, qui étoit ſans rien faire, & dont il
pouvoit diſpoſer. Mais il étoit bien aiſe
de diminuer les forces de ſon ennemi, &
d'en augmenter les ſiennes par précaution ;
car il ſentoit bien quel ſeroit le retour du
courier qu'il avoit dépêché au calife, & le
bon effet des lettres qu'il lui avoit envoyées.
En attendant il marcha à Carmona, où il
trouva un peu plus d'affaires qu'à Medina
Sidonia. C'étoit auſſi une ville un peu plus
conſiderable & des plus fortes d'Andalouſie:
il y avoit un bon nombre d'habitans, qui
s'étoient pourvus de tout ce qui leur étoit
néceſſaire pour un long ſiege ; & qui le ſou-
tinrent avec vigueur : mais ils ſe laiſſerent
à la fin ſurprendre, par un ſtratagéme qui
ne paſſeroit pas aujourd'hui pour des plus
fins, & qui auroit du moins bien de la
peine à réuſſir ; car on y regarde de plus
près. Quelques hiſtoriens en attribuent l'in-
vention au comte Julien, ce qui étoit aſſés
vrai-ſemblable, car outre que cela étoit
aſſés

affés de fon caractere, il arriva à peu prês
en ce tems-là auprês du gouverneur avec
Maguel. Les dames venoient à petites journées avec leur efcorte, qui ne pouvoit aller
que le train ordinaire des gens de guerre ;
& Maza fe préparoit à leur faire une reception des plus honorables.

Mais je viens à ce ftratagéme, qui fut la
caufe de la perte de Carmona, & qui quel
qu'en fut l'inventeur, fut executé par des
Goths qui firent femblant d'être pourfuivis
par les Maures, & comme fi ç'eût été quelque fecours qui fe vouloit jetter dans la
ville ; de forte que les affiegés leur ayant
ouvert la porte qu'on appelle de Cordoue,
ils s'en faifirent & la livrerent aux ennemis.
Le maure Rafis conte la chofe d'une autre
maniére ; & dit que ces Goths fe déguife-
rent en marchands, & qu'ils empaqueté-
rent leurs armes en maniere de balots,
dont ils avoient chargé plufieurs mulets,
qu'ils 'touchoient devant eux ; & que les
habitans, abufés par cette apparence, leur
ouvrirent la porte. De quelque maniere
que la rufe fut menée, les Goths de ce
tems - là ne me paroiffent pas de fort habiles gens, d'avoir donné dans un panneau
auffi groffier que celui-là. La ville fut prife
& pillée, & Maza, qui n'étoit pas man-
chot, commença à fonger à fes affaires.
De-là il alla à Seville où il étoit preffé de
fe rendre ; parce que les gens du pays s'en
étoient emparés tout de nouveau, par le
moyen des intelligences fecrétes qu'ils
avoient avec les habitans ; & avoient cou-
pé la gorge à toute la garnifon. Il étoit
averti

averti qu'ils travailloient inceſſamment à
s'y fortifier : il ne perdit point de tems,
& ne pouvant attendre les princeſſes à
Carmona, comme il auroit bien voulu faire,
il leur envoya un courrier pour les prier
de vouloir marcher droit à Seville, où il
eſperoit d'avoir l'honneur de les voir.
Ceux de Seville, qui ne s'attendoient point
que le gouverneur dût faire tant de diligence pour leur rendre cette viſite, n'eurent
pas le tems de ſe préparer à toute la re-
ſiſtance qu'ils avoient bien reſolu de faire.
Neanmoins ils firent tout devoir d'honnê-
tes gens : Mais Abdelaſis, à qui ſon pere
avoit écrit de le venir joindre avec ſon armée à Seville, étant arrivé, la partie ſe
trouva trop forte ; car ils avoient contre
eux plus de trente mille hommes, de ſorte
que la même nuit que ce jeune general eut
paru au camp, & que ſon pere faiſoit des
réjouiſſances de ſa venue, les Sevillans,
craignant avec beaucoup de raiſon, qu'on
ne leur fit payer bien cher le carnage qu'ils
avoient fait de la garniſon, trouverent à
propos de ſortir ſans bruit de la ville, &
de ſe retirer en Portugal, n'y laiſſant que
les femmes les enfans, & les gens qui ne
furent pas en état de les ſuivre. Le lendemain les Maures, qui n'étoient pas ac-
coutumés à voir les habitans ſi tranquilles,
jugerent bien qu'il y avoit quelque changement dans la ville. Ils en avertirent leur
general, qui en détacha quelques-uns,
pour aller à la découverte, & tâcher de
faire quelques priſonniers. Mais ils furent
ſans aucun obſtacle juſques aux portes de
la

la ville, qu'ils trouverent même ouvertes ;
parce qu'il en sortoit encore à tous momens du monde qui s'enfuioit. Dequoi
Maza ayant été informé, fit mettre une
partie de son armée en bataille, & s'a-
vança vers la ville où il entra comme il lui
plut, car il n'y avoit personne pour s'y
opposer.

Le lendemain un officier étant arrivé de
la part des princesses, pour lui donner avis
qu'elles n'étoient plus qu'à deux ou trois
lieues de la ville, il fit monter à cheval
une partie de sa cavalerie, & vint en personne au devant d'elles avec le comte &
son fils. La belle princesse lui parut fort
triste & fort changée; & neanmoins toujours charmante à ses yeux. Il est vrai que
sa douleur, quelque grande qu'elle eût été,
& qu'elle fût encore, n'avoit rien diminué
de sa beauté; c'étoient toujours les mêmes
traits de visage, & ses yeux avoient un
éclat à l'epreuve de toutes les larmes. On
voyoit même dans sa tristesse un air de langueur qui avoit quelque chose de fort touchant. Elle fut attendrie en voyant Abdelasis, qui lui renouvella plus particulierement le souvenir de son cher époux, parce qu'elle savoit que ce Maure étoit son
intime ami; mais cela ne laissa pas de lui
faire une espece de consolation, & dans la
suite elle en trouva même davantage, parce qu'elle le vit extrémement dans ses interêts, & resolu de venger la mort de son
ami dont il regrettoit tous les jours la
perte.

On reprit le chemin de la ville où toute

Tome IV.   S   l'armée

l'armée se trouva dehors en bataille, pour faire honneur aux princesses, que le gouverneur conduisit lui-même aux vieux palais des rois qu'il leur ceda entierement, ayant pris l'archevêché pour lui. Elles furent traitées non pas en princesses seulement, mais en reines, n'y ayant soins, empressemens, assiduités, que l'amoureux gouverneur ne leur rendît : divertissemens tous les jours, festins, regals ; & enfin tout ce que l'amour est capable de faire faire à un jeune homme pour sa maitresse, le vieux gouverneur le faisoit pour son aimable princesse. Il n'y en avoit que pour lui ; mais son fils l'embarrassoit furieusement, & lui donnoit de certains chagrins qui n'étoient pas de son goût. Ce n'étoit pas parce qu'il étoit témoin de toutes ses galanteries ; il ne s'inquiétoit pas de cela : c'étoit qu'il voyoit un peu trop souvent la princesse ; & que cette belle sembloit n'avoir du plaisir que quand elle le voyoit. Le jaloux vieillard ne se trompoit point ; mais ce n'étoit pas par amour pour lui qu'elle étoit sensible à ce plaisir ; c'étoit par le souvenir de son prince, dont il avoit si bien pris les maniéres, qu'il n'y avoit personne qui ne pût le reconnoître en lui : c'étoit son vrai portrait. D'ailleurs ce n'étoit plus ce Maure sauvage, qui n'avoit eu avec les Dames que des maniéres arabes : c'étoit un Maure devenu Goth & plus poli même que tous les Goths, agreable, caressant, obligeant, cherchant à plaire à tout le monde : l'amour fait faire de grandes métamorphoses ; mais il y en avoit une

ſi viſible en ce cavalier Maure, que tout
le monde admiroit cette difference; & l'on
ne pouvoit ſe laſſer d'en parler ni de le
louer. Tout cela ne faiſoit neanmoins aucune impreſſion de tendreſſe ſur le triſte
cœur de l'affligée princeſſe; le plus par-
fait de tous les humains y feroit venu frap-
per inutilement à la porte, elle n'étoit
ouverte qu'à la douleur; & il n'en ſortoit
que des plaintes & des larmes. Le jaloux
gouverneur ne l'interpretoit pas de cette
maniére : à ſon âge on prend ombrage de
tout; & il étoit aſſés pardonnable d'en avoir
pour ſon fils, car il étoit fait d'une maniére
à en donner à de plus aimables qu'un vieillard comme lui. L'amour ne pardonne à
perſonne : il aimoit ſon fils d'une grande
tendreſſe; mais quand il ſongeoit à la belle
veuve, il y avoit des momens qu'il le haïſ-
ſoit plus que la mort. Il voulut s'ôter de
l'eſprit une ſi terrible inquiétude, & trouver quelque moyen de l'éloigner. Il crut
en avoir imaginé un prétexte admirable,
& qui feroit même du goût d'Abdelaſis,
en cas qu'il ne fût pas déja trop attaché
au plaiſir d'être auprês de la princeſſe,
& de la voir. Il l'envoya chercher, & lui
expoſa d'abord par maniére d'avis pater-
nel, qu'en l'âge où il étoit il n'y avoit pas
un moment à perdre pour s'acquerir de la
gloire; & qu'il n'étoit pas d'un jeune cavalier comme lui, qui dans un tems de
guerre ne devoit chercher que les occaſions
de ſe ſignaler & de faire parler de lui, de
s'amuſer auprês des femmes: Que c'étoit
pour lui la moiſſon des lauriers, qu'il fa-

 loit

loit en aller cueillir ; & qu'il y avoit encore affés à faire en Efpagne, pour qu'un
ouvrier comme lui ne demeurât pas inutile , & pour apprendre du moins le métier de la guerre ; après quoi il lui feroit
fort aifé de s'inftruire dans celui de l'a-
mour : qu'il avoit refolu de l'envoyer du
côté de Valence , où les Maures n'avoient
point encore été , & où il y avoit des villes
affés confiderables , pour que la conquête
lui pût donner un nom illuftre dans le monde : Qu'il auroit à commander la même armée avec laquelle il étoit venu , & Maguel
fous lui , qui étoit un officier d'experience,
& aux confeils duquel il pourroit toujours
déferer : Qu'il n'avoit qu'à s'y preparer , &
être en état de marcher dans trois jours.
Abdelafis qui avoit écouté fon pere avec
beaucoup d'attention & même avec beaucoup de joye , parce que ce qu'il lui pro-
pofoit étoit fort felon fon inclination ; fon
cœur étant partagé entre la guerre & l'a-
mour , la gloire & la tendreffe , ne laiffa
pas de fe trouver embarraffé & de foupirer
en fecret de voir qu'il alloit s'éloigner de
la charmante reine & qu'il ne pourroit pas
lui tenir la parole qu'il lui avoit donnée
de retourner au plus-tôt auprês d'elle.
Dans cette difpofition de cœur il répondit à fon pere qu'il feroit tout ce qu'il lui
ordonneroit ; mais que s'il lui avoit plu,
il auroit bien voulu , avant que de commander une armée en chef , en avoir appris le métier auprês de lui , du moins
pendant une campagne. Le vieux gouverneur , qui avoit remarqué que fonfils avoit

d'abord

d'abord été interdit , & qu'il avoit rêvé
quelques momens avant que de lui répondre,
crut lire dans ses yeux la raison pourquoi ce
qu'il lui proposoit ne lui plaisoit pas ; & sa
réponse l'ayant confirmée dans ses soupçons,
qu'il n'avoit pas envie de s'éloigner de la
princesse, & qu'il en étoit tout de bon amoureux , le feu commença à lui monter à la
tête, & le regardant avec des yeux mê-
lés de chagrin & de colere; il y a deux
ans , lui-dit il , d'une voix aigre, que vous
portez les armes , & vous devez en avoir
appris quelque chose; mais ceux de votre
naissance , & qui tiennent le rang que vous
avez dans le monde , doivent dês leur premiere campagne être des generaux par-
faits. Il n'y a pas , mon fils , ajoûta-t-il d'un
air absolu , à s'amuser ici à faire l'amour,
il faut marcher , si vous ne voulez me déplaire , & faire ce que j'ai fait , pour parvenir où je suis arrivé , & alors tout vous
sera permis. Abdelasis lui répondit d'un ton
humble, qu'il étoit prêt à obéir ; mais qu'il
le supplioit, avant que de partir, qu'il lui
fût permis de lui réveler un secret où il
y alloit de sa vie s'il n'obtenoit de lui la
grace qu'il avoit à lui demander. Quoi?
que souhaittez-vous , interrompit le pere
tout en tremblant, comme s'il eût deviné ce
qu'il avoit à lui dire ? C'est, seigneur, lui repartit Abdelasis, en se jettant à ses genoux,
que j'aime, & que j'aime une Chrêtienne. Le
gouverneur tout en fureur ne voulut pas
le laisser achever, & s'emportant d'abord
à de terribles injures, lui demanda si c'é-
toit là le respect qu'il lui devoit. Le fils

surpris

surpris de ce reproche, lui repliqua qu'il ne croyoit pas y avoir manqué en cela, qu'il n'avoit pas été le maître de son cœur, & qu'il venoit s'acquitter de son devoir en lui déclarant sa passion & en lui demandant la permission de se marier. Si le jaloux gouverneur eût suivi ses premiers mouvemens, entendant un discours si cruel pour lui, il auroit des le moment poignardé son fils; neanmoins se faisant un terrible effort sur lui-même, pour moderer ses transports, afin de penetrer plus avant dans ce secret; Mais si vous aimez cette Chrétienne, lui dit-il en le regardant fixement, au moins vous aime-t-elle, & vous a-t-elle donné sa parole de vous épouser? Oui, seigneur, lui répondit Abdelasis. Ce *oui* fut pour l'amoureux vieillard le plus terrible coup de poignard qu'il eût senti de sa vie; & moi, lui repartit le pere, je vous défends de l'aimer & de la voir sous peine de mon indignation; & vous n'avez qu'à vous disposer à sortir de Seville dans vingt-quatre heures pour executer mes ordres, & vôtre armée vous suivra trois jours après. L'amoureux Abdelasis ne répondit à cet ordre cruel que par un grand soupir qui lui échapa en se levant pour se retirer, car il voyoit son pere trop en colere, pour l'écouter davantage. Il le pria de lui permettre du moins de passer par Cordoue: & pour quoi faire, lui repartit brusquement le gouverneur? Pour voir du moins ma maîtresse, & prendre congé d'elle pour la derniere fois, répondit Abdelasis. Pour voir votre maitresse à
Cordoue

Cordoue ! reprit le pere avec une surprise
extrême. Oui, seigneur, lui répondit Abdelasis, car c'est-là qu'elle est ; & c'est la
reine Egilonne que j'aime. Quand le Gouverneur eut entendu cela, il commença à
respirer ; car il étouffoit de rage, de jalousie & de colere , pensant que son fils
aimât la princesse de Tingi. Revenu de son
erreur il fit sans rien dire quelques pas
dans la chambre, pour achever de se ras-
surer , & voir en lui-même s'il y avoit bien
de la vrai-semblance à ce que son fils lui
disoit , & si ce n'étoit point pour le tromper. Pour mieux s'en assurer , il lui fit quelques questions sur cette princesse , & de
moment en moment il sentoit son cœur
plus soulagé , par les réponses que lui
faisoit son fils , & revenir la tendresse
qu'il avoit pour lui. De sorte que passant
à la fin d'une extrêmité à l'autre , il lui dit
que puisqu'il avoit su placer si glorieuse-
ment son cœur, il ne vouloit pas s'opposer
à son contentement ; mais qu'il faloit neanmoins s'aller rendre digne de celui d'une si
grande princesse par quelques belles actions:
qu'il pouvoit partir quand il voudroit ; &
passer par Cordoue, pour donner à sa maitresse l'agreable nouvelle de son consente-
ment pour leur union: qu'il seroit dans
deux mois à Tolede , où il lui manderoit
de se rendre, & qu'on pourroit faire là le
mariage avec les ceremonies & la pompe re-
quises. Abdelasis, tout transporté de joie
d'un retour si peu attendu, se jetta pour
la seconde fois aux piés de son pere, pour
le remercier. Il le releva , & l'embrassa fort
tendrement.

tendrement, en lui difant qu'il fe rendît
feulement digne de fon affection, en évi-
tant tout ce qui lui pourroit faire de la
peine ; & qu'il le trouveroit toujours plein
de tendreffe & de bonne volonté pour
lui. Abdelafis, qui ne vouloit pas perdre
un moment de tems pour fe rendre auprês
de la belle reine, courut à l'inftant chés
la princeffe pour lui faire part de cette
nouvelle, & pour prendre congé d'elle.

Le gouverneur gueri de tous fes cruels
ombrages à l'égard de fon fils, alla voir le
Comte, qui étoit toujours fon prétexte pour
avoir le bonheur de rendre fes devoirs à
la charmante princeffe. Après l'avoir entre-
tenu du départ de fon fils, & du fujet de
fon voyage, il paffa à l'appartement de
fes amours, où il eut le dépit & le chagrin de trouver encore fon fils auprês de
la princeffe ; & pour comble de douleur,
d'entendre qu'elle lui témoignoit avoir regret de le voir partir. C'en étoit plus qu'il
n'en falloit pour paroître criminel ; mais
le crime ne pouvoit durer que vingt quatre
heures, car il alloit en être delivré avant
que ce tems-là fût paffé. En effet Abdelafis, qui n'avoit pas moins d'impatience
que fon pere de fe voir hors de Seville,
& de prendre le chemin de Cordoue,
monta à cheval dès le lendemain & le mit
tout à fait hors d'inquiétude.

Le comte avoit tout lieu d'être content
du gouverneur ; & il l'étoit auffi tout à fait.
Ce n'eft pas qu'il ne vît bien à qui il devoit la plus grande partie de tous ces honneurs, de toutes ces déferences, de ces
foins

foins, & de ces empreſſemens. Il prévoyoit
bien qu'il faudroit à la fin que ſa fille fût
la victime de ſa politique; mais puiſque
c'étoit ſon deſtin qui l'y entraînoit, quoi
qu'il pût faire pour s'en défendre, il ſe con-
ſoloit du moins, que ce n'étoit pas par des
maniéres violentes & d'autorité comme
Tarif en avoit uſé.

Maza ayant fait partir le corps d'armée
que ſon fils devoit commander, qui étoit
d'environ douze mille hommes, fit la revue de celle qui lui reſtoit; & de concert
avec le comte Julien ils marcherent à Beja
en Portugal, qu'on appelloit en ce tems-
là *Pax Julia*, & où les habitans de Seville
s'étoient retirés. Cette place étoit aſſés
forte; neanmoins elle fut priſe, & l'on
ne ſait pas ſi ce fut par force ou par capitulation. De là on fut à Merida, qui étoit
la principale du pays, & une colonie des
Romains, comme il y paroiſſoit encore par
la magnificence dont elle étoit bâtie, quoi
qu'elle eût été aſſés mal-traitée par les dif-
ferentes guerres qu'elle avoit eſſuyées. Maza
ayant été la reconnoître, fut charmé de
ſa beauté, & dit qu'il falloit que tout ce
qu'il y avoit de plus habiles ouvriers dans
le monde ſe fuſſent aſſemblés pour bâtir
une ville d'un ſi bel aſpect, & qui avoit
tant de majeſté. Elle étoit grande, d'une
ſituation admirable; mais elle avoit perdu
un grand nombre de ſes plus braves habitans, dans la derniere bataille où Roderic avoit été tué. Cela n'empêcha point
qu'ils ne ſe miſſent en poſture de ſe bien
défendre, & qu'ils ne fiſſent connoître aux

Maures, par de furieufes forties qu'ils firent, qu'ils fe fentoient encore de la valeur des anciens Romains, & qu'ils ne de-
generoient pas de leurs ayeux. Maza eut
en effet befoin ici de fon experience &
de braves foldats ; car ce n'étoient point
des Goths qui fe laiffoient battre, c'étoient
de hardis champions , qui ne fe laffoient
point d'aller à la charge & qui témoignoient
de favoir la guerre. Leur ardeur néanmoins
fe ralentit un peu, aprês un furieux échec
qu'ils reçurent à une groffe fortie qu'ils
avoient faite , & où Maza leur dreffa une
embufcade , par le moyen d'une ancienne
grotte ou cave qu'il avoit découverte auprês de la ville & où il avoit fait cacher
de nuit un grand nombre de troupes: de
forte qu'un matin ayant attiré les affiegés
au combat, par un autre corps de gens
affés confiderable, il les attira dans l'embufcade, & les fit charger par devant &
par derriere d'une terrible force. Ils fe
battirent en défefperés ; mais il y en eut
peu, qui en échaperent. Ce malheur ayant
jetté cette pauvre ville dans une grande
confternation; la refolution fut prife de
ne faire plus de fortie, & de conferver
leur monde pour la défenfe de leurs murailles, comme ils firent avec beaucoup
de courage & d'opiniâtreté. Maza fut prés
de quatre mois devant ; & il difoit fort bien,
qu'en prenant cette ville il croiroit avoir
acquis autant de gloire, que s'il avoit con-
quis tout le refte de l'Efpagne. Ce fut auffi
celle où il y avoit les plus braves foldats;
& où l'on fit le plus de refiftance. Il n'y

avoit

avoit forte de machine de guerre qu'il ne mît en ufage ; & il les attaquoit de tous cotés, mais les affiegés avec une vigueur & une vigilance incroyables accouroient par tout, refiftoient par tout, & rendoient tout inutile. A la fin cependant, comme leur nombre diminuoit tous les jours, que c'étoient les plus vigoureux qui periffoient, & que d'ailleurs ils commençoient à manquer de vivres, ils capitulérent. L'on envoya des deputés à Maza pour lui faire des propofitions qui fentoient un peu la fierté de ces illuftres habitans ; mais le gouverneur ne voulut point les écouter, & les renvoya fans réponfe. Des auteurs graves, les Efpagnols le font toujours, font un conte là-deffus, & raportent, que ces deputés ayant remarqué que Maza avoit la barbe toute blanche, à leur retour dans la ville animerent les habitans à reprendre courage, parce qu'ils avoient à faire avec un ennemi qui étoit fi vieux, qu'il ne pouvoit pas vivre encore long-tems ; mais qu'ayant été le lendemain renvoyés vers lui, avec des conditions un peu plus raifonnables, ils avoient été furpris de le voir avec une barbe noire ; parce que Maza ayant eu avis de ce que ces deputés avoient dit fur fon fujet à leurs concitoyens, avoit eu la précaution de fe la faire teindre ; de forte que ces meffieurs, regardant cela comme un miracle, fe rendirent plus traitables auprês d'un homme, qui fe mettoit au-deffus des lois ordinaires de la nature. C'eft ainfi, dit un de ces auteurs graves, que l'adreffe vaut quelques fois mieux que la force: *Que à las vezes mas vale maña q, e fuerça.*

Quoi qu'il en foit d'un conte fi plaifant, la ville de Merida fe rendit à des conditions un peu moins honorables, qu'il n'appartenoit à des gens qui avoient fi bien fait jufques-là leur devoir ; car entr'autres articles, il y avoit, que les biens de ceux qui étoient morts les armes à la main pendant le fiege, feroient confifqués ; & que les revenus des Eglifes, leurs ornemens, & tous leurs vafes d'or & d'argent facrés & non facrés feroient pour les Maures. Ce fut une condition bien dure pour des Chrétiens : neanmoins felon l'hiftore, ceux de Merida s'y foumirent ; & Maza entra en triomphe dans la ville. Il n'y fit pas un long fejour ; car il y reçut un courier du calif, qui lui donna fujet d'en partir bien tôt. C'étoit une réponfe à la derniere lettre qu'il avoit écrite en envoyant celle du comte & celle de Maguel. On lui donnoit des ordres exprês de faire arrêter Tarif, & de l'envoyer fous bonne efcorte a Maroc, où fon affaire pût être examinée par le divan Il en fut fi tranfporté de joie, que ne pouvant la renfermer toute dans lui-même, il falut qu'il courût chés le comte pour lui en faire part, ne doutant pas que, par l'interêt qu'il y avoit, il ne lui gardât le fecret, & qu'il ne fût bien aife de fe voir vangé de l'ennemi mortel de fa maifon. Ils jugerent tous deux à propos de faire diligence & de fe rendre au plus tôt à Tolede ; de peur que Tarif, qui avoit fes amis auprès du calife, ne pût être averti du deffein sein qu'on avoit sur lui, & ne prît des précautions qui pourroient leur donner des affaires, & peut-être même les empêcher de se saisir de sa personne : ce qui tourneroit tout au desavantage du gouverneur, si cela arrivoit par un défaut d'éxactitude & de prévoyance.

Ils partirent donc de Merida, après y avoir mis les choses dans le meilleur ordre qu'il fut possible pour se conserver une ville de cette importance ; & retournerent droit à Seville, où ils avoient laissé les princesses avec une bonne garnison. Ils ne s'y arrêterent que trois jours, pour laisser reposer un peu leur armée qui en avoit besoin. Ensuite de quoi ils prirent le chemin de Cordoue, qui étoit celui de Tolede & où le gouverneur avoit une extrême envie de voir le charmant objet des amours de son fils, la belle reine Egilone, & la convier en même-tems de venir avec eux à Tolede ; tant parce qu'il s'imaginoit que sa compagnie pourroit contribuer à divertir un peu la triste princesse, que parce que son fils, à qui il avoit mandé de l'y venir joindre, ayant de l'occupation de son côté, ne seroit point si sujet à le troubler dans ses amours comme il avoit fait à Seville.

Ils arriverent donc à Cordoue, où la reine fit tous les honneurs de la ville, & vint recevoir les deux princesses, non pas en reine, mais en bonne amie. Elle étoit d'une beauté charmante ; car elle avoit le cœur content ; elle aimoit, & elle étoit persuadée qu'elle étoit du moins autant

 aimée

aimée qu'elle aimoit ; elle se voyoit sans chagrin & sans inquiétude, tant du côté de la jalousie que de celui de la mauvaise fortune ; dont elle n'avoit que trop essuyé les tristes effets ; & elle se trouvoit en passe, malgré le malheur général du pays, de s'y voir aussi puissante & plus honorée qu'elle n'y avoit jamais été. Ce sont de grands attraits pour une femme, & des douceurs qui n'enlaidissent pas. Elle avoit déja oublié tous les chagrins que la princesse lui avoit autrefois donnés ; & l'état où elle la trouva, étoit seul capable de les effacer. Cependant il reste toujours quelque chose dans le cœur d'une femme, quand elle a eu veritablement sujet d'en haïr quelqu'autre. La reine ne pouvoit du moins se défendre de goûter un plaisir secret, de voir la beauté de la princesse un peu diminuée depuis sa tristesse, & de se flatter de l'emporter de beaucoup sur elle.

Le gouverneur eut une joie de pere, de voir cette princesse, qu'il trouva extrêmement agréable. Elle lui fit aussi des honneurs & des civilités, comme elle auroit fait à son pere ; & elle ne se ménageoit point pour lui faire même des amitiés au delà de ce que l'exacte bienséance auroit demandé d'elle, si elle ne l'eût pas regardé sur ce pié-là. Si bien que le bon gouverneur en étoit tout charmé, & portoit presque envie à son fils d'avoir fait choix d'une si aimable personne. Il tenoit pourtant toujours à la princesse qu'il consideroit comme la plus parfaite beauté qu'il

y

y eut jamais eu. On ne fut à Cordoue,
que le tems qu'il falloit pour laisser reposer un peu l'armée, & pour donner le
loisir à la reine de se préparer à faire avec
eux le voyage de Tolede, où se devoit
faire le mariage entre elle & le fils du
gouverneur. Le comte avec la comtesse &
leur fille rendirent dans ce tems-là leurs
devoirs au malheureux roi Vitiza, qu'ils
n'avoient pas vu depuis sa disgrace, &
qui leur fit grande pitié, quoiqu'il fût fort
bien traité depuis qu'il étoit logé dans le
château, & que la reine Egilone en prenoit soin.

On quita enfin Cordoue, où la reine n'a-
voit rien oublié de tout ce qui étoit des
devoirs de la civilité pour bien traiter ses
hôtes. Elle les avoit regalés d'une grande
magnificence ; mais l'assaisonnement avoit
été une liberté d'esprit, une gayeté & des
complaisances dont on ne pouvoit assés se
louer. La princesse même fit un peu de trê-
ve à ses pensées sombres & tristes, pour
l'admirer ; & comme elle l'avoit connue
plus particuliérement que les autres, il
lui sembloit de voir en toutes choses un si
grand changement en elle & d'humeur &
de maniéres, que cela surprenoit. Mais à
quoi elle s'attachoit le plus, c'étoit à sa
beauté, qui lui sembloit être bien augmentée depuis qu'elle ne l'avoit vue ; &
comme c'est la derniere chose qu'une femme abandonne, & qu'elle ne l'abandonne
jamais qu'avec regret & malgré elle, elle
n'avoit pas tellement renoncé à la sienne,
qu'elle n'eût envie d'en reprendre soin, en
voyant

voyant la reine. Elle commença donc à se rajuſter un peu, à quoi elle n'avoit pas ſongé depuis ſon malheur. Plus elle exa-minoit & conſideroit la reine, qui ayant déja quitté le deuil avoit des habits d'une richeſſe & d'une pompe extraordinaires, plus cette envie croiſſoit en elle; & on la vit peu à peu ſe remettre en train de parade. D'un autre côté ſes larmes ſe ſé-choient, ſon affliction étoit un peu ſuſpen-due par tous ces petits ſoins, & ſa beauté revenoit de jour en jour dans ſon premier état. L'amoureux gouverneur, qui avoit inceſſamment les yeux ſur elle, fut des premiers à remarquer tout cela, & l'at-tribua avec raiſon à la compagnie de la reine. Si bien qu'il ſe ſut bon gré de l'i-dée qui lui étoit venue de la prendre à Cordoue, & de la mener avec eux, puiſ-que cela faiſoit un ſi bon effet envers la princeſſe.

Comme l'on fut au pont, que l'on ap-pelle de l'Archevêque où l'on vouloit paſ-ſer le Tage, on eut nouvelle que Tarif étoit de retour à Tolede, & qu'il ſe pre-paroit à venir au devant du gouverneur. Ce général avoit appris à Guadalaxara la trahiſon du comte; [c'étoit ainſi du moins qu'il appelloit ſa fuite] & avoit été ſur le point de revenir ſur ſes pas: & il l'auroit fait, s'il avoit vu la moindre apparence de le pouvoir joindre ; pour lui donner cent coups de poignard ; mais il y avoit trois jours qu'il étoit parti de Tolede, quand il en apprit la nouvelle, & il prenoit un chemin tout contraire à celui où il étoit.

Il

Il avoit par - là cinq ou six journées d'a-
vance sur lui, & ainsi il ne jugeoit pas
qu'il fût possible de l'atteindre, ne doutant
pas qu'il n'eût pris de bonnes mesures pour
faire une extrême diligence & pour ne
point retomber entre les mains. Ce général étoit bien en peine sur la resolution
qu'il prendroit dans une affaire aussi dé-
licate que celle-là, où il y alloit non seulement de sa fortune, mais de sa vie. Il ne
se voyoit point encore assés bien établi en
Espagne, pour oser entreprendre de s'y
maintenir de force; ayant à faire à une
armée de sa nation plus forte que la sienne,
quand Abdelasis auroit joint son pere,
dequoi il ne doutoit pas; & dans un pays
où il étoit encore regardé comme un ennemi capital. Dans une affaire de desespoir il auroit neanmoins hazardé le coup;
mais il ne voyoit pas ici les choses encore
si fort desesperées. A son égard il étoit bien
auprês du calif, qui avoit de l'estime &
de la bonté pour lui : il ne manquoit point
de puissans amis à la cour : les services qu'il
venoit de rendre à l'empire par la conquête
de tout un royaume, meritoient des ré-
compenses au-dessus d'un pardon pour un
dessein comme celui qu'il avoit eu, quand
même il en auroit pu être convaincu : mais
il ne pouvoit avoir contre lui que le seul
comte, dont il étoit aisé de rendre le témoignage suspect, & comme tel de le faire
reculer, tant parce que c'étoit un traî-
tre qui vouloit se venger de lui & le perdre pour avoir découvert ses trahisons,
& l'avoir fait arrêter comme il le meritoit;

toit ; que parce que c'étoit un Chrétien, & que les témoignages de ceux de cette religion ne pouvoient être reçus contre des Maures. Mais rien ne le détourna plus de prendre la voye de la rebellion & de lever le masque, que la crainte de se voir privé pour toujours de la vue de la charmante princesse : car c'étoit ce qu'il y avoit toujours de plus fort dans son cœur, & à quoi il rapportoit tout ce qu'il faisoit. Sans elle la vie lui étoit à charge ; & il aimoit mieux risquer la mort que de perdre l'esperance de la revoir.

Il resolut donc de continuer ses conquêtes, pour rendre ses services encore plus considerables, & pour laisser en même teins moins d'occasion à son rival d'acquerir de la gloire & de le disputer avec lui. Du côté de l'amour, il n'avoit point d'inquietude au sujet d'un homme âgé qui ne pouvoit rien avoir d'aimable pour une jeune beauté de l'humeur de la princesse ; & il se persuadoit bien, que ce qu'il n'avoit pu faire, qui étoit de s'en faire aimer, une barbe blanche qui passoit de si loin la saison des amours ne le feroit pas. Il marcha donc de Guadalaxara à Segovie, qu'il prit aussi sans peine ; & de Segovie il ne trouva plus aucune résistance qu'à Leon, qui étoit la capitale du pays de ce nom ; ville assés forte, où il y eut bien du sang répandu ; & qui ne fut prise que par famine. Il s'empara aussi de Segovie que l'on appelle aujourd'hui *Medina-Celi*, & Amaya, où il trouva des richesses infinies, parce que c'etoit une bonne ville, où quantité

de

de riches seigneurs & marchands s'étoient refugiés. Delà il fut en Galice, où il investit Astorgas, qui fut mis au pillage ; & dans les Asturies Gijon se rendit, qui étoit une forteresse presque imprenable tant par mer que par terre. Enfin chargé de gloire & de biens immenses il revint à Tolede, pour se reposer un peu & jouir de ses travaux.

Il n'y avoit pas huit jours qu'il y étoit arrivé, qu'il apprit que Maza s'avançoit à grandes journées vers lui. Il avoit pris son parti ; lui ayant écrit qu'il y devoit venir pour s'aboucher avec lui, & prendre ensemble des mesures pour achever la conquête de ce royaume : de sorte que sa venue ne lui donnoit pas plus d'inquiétude ni d'ombrage, qu'il en avoit auparavant ; mais elle redoubla son mal de cœur à l'égard de la gloire, il n'aimoit pas que sans aucun besoin il vînt lui aider à ce qu'il faisoit assés lui-même ; & qu'il fût reduit à n'être plus que la seconde personne dans un pays où il avoit regné, & dont la conquête étoit son pur ouvrage. Il falut pourtant malgré lui dissimuler & aller au devant de son rival, comme il fit jusqu'à Talavera, qui est à une petite journée de Tolede. Leur entrevue fut à la pleine qu'on appelle *los campos de Arañuelo*, tout proche de la riviere *Tiertar*. Le comte ne s'y voulut pas trouver, & passa avec les princesses jusques à Talavera, où elles logerent en attendant que tout fût prêt à Tolede pour les recevoir avec le gouverneur en cérémonie. Les témoignages d'amitié

mitié & de joie, selon les historiens Espagnols, furent grands entre ces deux rivaux, mais pour le cœur cela n'alloit pas de même. *Las maestras de amor y contento fueron grandes; los coraçones no estavan conformes: la embidia aquexavu à Maza, à Tarif el miedo; que tal es la fruta del mundo.* L'envie & la jalousie troubloient celui du gouverneur, & la crainte & le dépit celui du general, fruits ordinaires de ce monde. Ils furent trois jours campés dans cette pleine, à s'accabler l'un & l'autre d'honneurs & de civilité, c'est-à-dire, à se tromper ; car les grands seigneurs ne s'en font jamais davantage, que lorsqu'ils ont le moins lieu de s'en faire. Les princesses ne parurent point du tout au camp; elles demeurerent à Talavera; le comte leur tint compagnie. Tarif ne parla ni d'elles ni de lui au gouverneur; ni le gouverneur à lui. Ils ne s'entretinrent, pendant ces trois jours, que des affaires de guerre, se rendant compte l'un à l'autre de ce qu'ils avoient fait ; & proposerent de nouveaux desseins, pour ce qui restoit encore à faire pour achever de soumettre toute l'Espagne, faisant paroître une mutuelle confiance sur tous leurs avis & leurs sentimens : mais ils se connoissoient depuis long-tems ; & savoient l'un & l'autre à quoi s'en tenir.

Le quatriéme jour, sur l'avis que Tarif avoit eu le soir précedent que tout étoit prêt à Tolede pour la reception du gouverneur & des princesses, on se mit en chemin de grand matin pour y arriver de bonne heure. L'entrée fut telle qu'on n'en

auroit

auroit pas pu faire davantage pour celle
d'un roi d'Espagne ; & tout cela aux dépens de Tarif, qui, lorsqu'il s'agissoit de
magnificence, ne savoit ce que c'étoit que
de rien épargner. Mais il avoit aussi amassé
des trésors dont il ne savoit que faire. Les
trois princesses devoient loger au palais :
c'étoit à Maza, commé étant le maître par
tout où il se trouvoit, de regler leurs ap-
partemens ; & la reine étoit fort en peine
de savoir si on ne lui donneroit pas celui
qu'elle avoit toujours occupé : cela lui
étoit dû comme reine ; mais elle étoit en
doute si la passion que le bon gouverneur
avoit pour la princesse ne l'emporteroit pas
sur la consideration qu'il pouvoit avoir
pour une future belle-fille de son rang.
Elle en étoit inquiéte ; & la comtesse avec
sa fille en avoient aussi raisonné ensemble,
& étoient à peu près dans la même peine
de ce qui en seroit. Quand on est malheureux de compagnie, il semble que tout
soit égal, & l'on regarde fort peu aux ti-
tres passés ; ils ne valent qu'autant qu'on les
peut soutenir. Le vieux renard de gouverneur, qui en savoit plus que ces dames,
sut assés les contenter, & se tira fort hon-
nêtement d'affaire. Il dit à la reine, que la
raison vouloit qu'on la remît dans l'endroit d'où on l'avoit fait sortir avec beaucoup d'injustice, & la conduisit dans son
ancien apartement ; & au retour de là il
mena le comte & les deux princesses dans celui du roi, qui étoit incomparablement plus
magnifique, & qu'on avoit préparé pour lui ;
& se logea dans celui que le comte avoit

autre

autre fois occupé. Pour Tarif, il se retira à
l'archevêché, qui étoit un assés beau palais.

Il y eut un souper splendide, où le gouverneur fit convier le comte avec les trois
princesses. Il avoit une telle joye, qu'il ne
se sentoit point ; & se regardoit comme au
comble de ses desirs, de se trouver dans un
même palais avec sa maitresse, de la voir, de
lui parler, & de manger avec elle, & par dessus tout cela de voir entre ses mains son rival & son ennemi declaré en toutes choses,
qui ne pouvoit plus lui échaper, il ne lui manquoit plus qu'une chose qui étoit, que son fils
fût bien-tôt de retour. Il arriva dans le tems
qu'ils étoient à table, glorieux comme un
jeune conquerant qui revenoit tout chargé
de lauriers, que quatre villes capitales qu'il
venoit de soumettre, Valence, Denia, Ali-
cante, & Huerta, les lui avoient fournis. Jamais le vieux Maza n'avoit fait un plus
agréable repas, ni n'avoit eu une plus heureuse journée à son goût. La belle reine
fut fort embarassée, pour moderer de son côté les transports de joye qu'elle eut de voir
son cher amant : mais comme l'on savoit
déja en quel état les choses étoient entre
lui & elle ; qu'ils devoient bien-tôt se marier, elle crut qu'il n'y auroit pas grand
danger d'en laisser voir quelque chose. Elle
courut à lui, & lui à elle, à qui il rendit
les devoirs autant pleins de respects que de
passion. Cela troubla un peu l'ordre du
repas, mais il ne le gâta point. Il y avoit
place pour le nouveau venu, à qui son
pere & sa maitresse, empressés à lui faire
des questions, ne donnerent presque pas le

tems

tems de manger ; & pour lui, il étoit si plein de son amour, qu'on eût dit qu'il avoit soupé. Il les contenta tous ; car outre l'air agréable qui naturellement brilloit dans toute sa personne, il avoit cet enjouement qu'inspire la vue d'une maitresse dont on a été long-tems absent, qui le rendoit encore plus aimable qu'il n'avoit coutume de l'être.

Le souper finit comme il avoit commencé; mais le gouverneur qui ne faisoit pas l'amour en jeune homme, n'oublioit pas les affaires essentielles, ne perdoit pas de vue le dessein de faire arrêter Tarif, à quoi il étoit interessé de plus d'une maniére. Il fit savoir à ce general, & à tous les autres principaux officiers, qu'il y auroit le lendemain au matin conseil de guerre ; & avant que de se coucher, il fit venir Maguel dans sa chambre pour lui donner ses ordres sur cette affaire. Maguel qui étoit un homme fort propre pour une telle execution, ne manqua pas son coup. Le lendemain au matin, lorsque Tarif voulut entrer dans le conseil, il se presenta devant lui avec six hommes armés & fort resolus; & en l'abordant, comme s'il eût eu quelque chose à lui dire, il se saisit de son poignard, & un autre lui ayant en même tems saisi l'épée, il fut conduit sans bruit à la tour du palais, où l'on avoit coûtume de mettre les prisonniers de consideration. Dans ce tems-là le gouverneur étoit dans le conseil avec les autres officiers ; & dès qu'on fut venu lui donner avis que le coup étoit fait, il leur produisit les ordres qu'il

avoit

avoit reçus du calife à l'égard de la perfonne de Tarif. Il n'eut pas le plaifir de
voir que fon action eût l'applaudiffement
qu'il en efperoit. Il vit au contraire avec
un grand dépit regner un morne filence
dans la plus part de ces cavaliers, qui tenant une contenance de gens affligés lui
firent connoître qu'ils ne la condamnoient
que trop. Il n'y eut que ceux qui avoient
commencé la ruine de ce general, & de qui
le gouverneur avoit reçu des avis, qui té-
moignaffent prendre interêt à cette affaire;
mais le nombre en étoit affés petit; & ils
étoient tous connus pour fes créatures ve-
nales. En effet, excepté l'affaire du prince
Eba, que tout le monde avoit deteftée, &
qu'on avoit attribuée à un effet d'emporte-
ment d'amour & de jaloufie, on n'avoit
rien vu faire à ce general, qui méritât un
fi rude traitement; & l'on ne vouloit pas
que la mort de ce prince, dont on pouvoit
avoir foupçonné la conduite, & qui n'étoit
après tout qu'un étranger & un chrétien,
fût un crime affés g and pour effacer tout
d'un coup des fervices auffi confiderables
que ceux que Tarif avoit rendus à la couronne du calife, & fur tout dans la conquè-
te de ce royaume; & qu'une prifon lui dût
tenir lieu de récompenfe. Mais on favoit la
vieille inimitié qu'il y avoit entre ces deux
hommes, & depuis quelque tems la jaloufie pour la princeffe qui avoit fomenté cette inimitié: c'étoit à quoi l'on attribuoit
tout le malheur de Tarif. Et comme le gouverneur n'étoit guere aimé de ces officiers,
au contraire de fon rival, il y auroit eu du
danger

danger qu'il ne fût arrivé du desordre, & que l'armée de Tarif n'en fût venue aux mains avec celle du gouverneur pour la liberté de son general ; si le vieux Maza, homme de prudence n'eût prévu ce mal, & fait mettre dès le matin la sienne sous les armes, sous prétexte de la faire passer en revue. Son fils s'y trouvoit à la tête ; & Maguel l'y vint joindre, dés le moment qu'il eut mis son prisonnier en sureté. Le gouverneur fut même sur le point de faire arrêter encore cinq ou six des principaux officiers du conseil, à qui il étoit échappé quelques murmures ; mais il eut peur d'irriter par là encore davantage les choses ; & il jugea à propos de dissimuler. Si tous les murmures avoient été criminels, il auroit falu punir les soldats de deux armées ; car il n'y en eut guere qui n'en fissent de bien hauts & de bien sanglans contre le vieux gouverneur, à qui on dit toutes ses verités. Néanmoins cela n'alla pas jusqu'à une rebellion manifeste, ni à prendre les armes, quoi qu'ils en menaçassent plusieurs fois. Maguel avoit eu la précaution & l'adresse de gagner par des liberalités la plupart des officiers subalternes ; & ce fut ce qui sauva le coup au gouverneur. Il mit toute son application à faire partir au plus tôt son prisonnier, pour se délivrer de cette inquiétude ; & la nuit du troisiéme jour cela s'éxecuta sans bruit & fort heureusement, sous l'escorte de quatre mille hommes. Quand cela fut fait, & qu'on vit qu'il n'y avoit plus moyen de sauver le general, on n'en parla plus, & tout le mon-de de se tint dans son devoir.

Maza s'attendoit à trouver de grands trésors auprès de Tarif ; car il avoit été informé qu'il en avoit amassé prodigieusement ; mais il n'avoit pas à faire à un sot. Il y avoit mis bon ordre, & sur tout depuis que le comte eut abandonné son parti ; sachant, en cas de malheur, de quelle utilité est l'argent : comme en effet il l'éprouva ; car ce fut par ce moyen-là qu'il se justifia. Autrefois comme aujourd'hui un coupable devenoit innocent, quand il avoit dequoi acheter la justice. Le gouverneur ne laissa pas de s'engraisser encore de ce que Tarif n'avoit pas mis à couvert ; mais ce n'étoit rien en comparaison de ce qu'il devoit avoir, s'il n'avoit pas été un homme prudent. Il en fit quelques largesses à ceux qui avoient pris son parti, & qui l'avoient si bien servi pour détruire son ennemi. Il employa le reste aux noces de son fils & aux siennes avec la princesse, qui les suivirent de près. On ne vit jamais tant de magnificence ni tant de dépense qu'il s'en fit à Tolede dans ces deux mariages. On auroit dit que ce vieux gouverneur y vouloit consumer toutes les richesses d'Espagne. Dans-le premier, qui servit de modele pour l'autre, la joye & les plaisirs parurent dans toute leur étendue & de toutes les maniéres, parce qu'il étoit assés bien assorti ; mais dans l'autre, où la princesse ne donna les mains qu'avec répugnance, & où elle parut toujours avec une tristesse mortelle, & comme une créature qu'on sacrifioit, il n'y eut guére que le vieux gou-

verneur

verneur qui s'en réjouît véritablement ;
tout le monde ayant pitié de cette pauvre
princesse qu'on auroit trouvée bien mieux
mariée, Maure pour Maure, avec un homme comme Tarif, qu'avec un vieillard de
près de soixante & dix ans. Le comte en
eut la confirmation du gouvernement de Tolede, & de tout le pays circonvoisin, avec
l'intendance generale de tout le royaume,
sous les ordres d'Abdelasis qui en devoit
être gouverneur ou viceroi. C'est-à-dire,
que pour tous les bons services qu'il avoit
rendus à des infideles barbares, aux dépens de sa patrie & de sa religion, il étoit
devenu d'évéque meûnier, si j'ose me servir d'un si pauvre proverbe, qui vient neanmoins ici assés à propos ; car de ce qu'il
avoit été sous les rois Witiza & Roderic,
qu'il avoit tout seul gouverné tout le royaume, sans que pour cela son ambition pût
être contente, c'étoit être descendu de
bien des degrés d'être devenu l'homme
d'affaires d'un fils de gouverneur : c'est ainsi
quesont payées le plus souvent ces ames avi-
des de gloire & de biens, qui sacrifient
tout pour parvenir où leur passion dére-
glée les pousse. Celui-ci ne dura même pas
long-tems dans cette mediocre fortune,
si l'on peut encore appeller ainsi une condition privée qui lui coutoit son honneur,
& ce qu'il devoit avoir de plus cher que
sa vie, qui étoit sa fille ; car son esprit,
porté éternellement aux intrigues & aux
brouilleries, voulut entrer dans de nouvelles correspondances avec les gens du
pays qui s'étoient retirés dans les Asturies ;

& se rendre maître de Tolede. Mais il fut
découvert, & sans aucune forme de pro-
cés, précipité du haut d'une tour du palais
sur les rochers du Tage, par ordre d'Abdelafis qui gouvernoit. La comtesse sa femme mourut comme elle avoit vêcu en mi-
serable: & pour leur fille, qui étoit la plus
à plaindre, après que Maza eut demeuré
sept à huit mois à Tolede, pour donner
tous les ordres nécessaires dans le pays,
pendant lesquels son fils fut achever de ré-
duire sous l'obéissance des Maures tout ce
qui restoit de principales villes d'Espagne,
excepté celles des montagnes & pays in-
accessibles, il reprit avec elle le chemin de
son gouvernement; & ayant repassé la mer,
il arriva & entra en triomphe à Maroc. Ce
triomphe néanmoins, qu'il devoit à son ennemi, ne fut pas de longue durée. Il eut le
mortel regret de le voir sortir heureusement d'affaire par le moyen de ses amis, &
encore plus par son argent. Il en conçut
tant de jalousie, qu'il en mourut de chagrin. Après sa mort Tarif épousa encore la
princesse, qui ayant enfin oublié son cher
prince, fut beaucoup plus heureuse avec
lui. Il parvint à être gouverneur, comme
il le meritoit ; & les affaires n'allant pas si
bien en Espagne, que le calife eût lieu d'ê-
tre content d'Abdelafis, qui étoit un jeune
homme de peu d'experience ; il y fut ren-
voyé avec plein pouvoir, & y remit les
affaires en bon état pour les Maures, en
sorte que, excepté les lieux où s'étoient retirés les plus braves du pays sous le commandement de Pelage, où il ne trouva jamais

mais son compte de les attaquer, tout le
reste fut soumis. C'est ainsi que la conquête du royaume d'Espagne, où toute sorte
de biens abondoient, & où les Goths s'é-
toient maintenus si long-tems, fut un ouvrage de l'amour qui fut terminé en moins
de trois années.

Fin du IVe & dernier tome.